우리는 적이 되기 전까지만 사랑을 한다

정은기

시인의 말

목소리는 바람에 마르지 않는다.
유령처럼 떠돌다가 지구에 쌓인다.

그것이 말인지 생각인지는 알 수 없지만
백 년쯤 후면 내 목소리도
지금보다 더
둥글어지거나 평탄해져 있겠지.

방향과 질감만으로
묵독 속에 남아 있기를……

                                        2024년 가을
                                          정은기

우리는 적이 되기 전까지만 사랑을 한다

차례

1부 있다 없다 있다 없다

2부 미간에 잠깐 나타나는 난폭함

3부 우울한 구름 색의 얼굴

4부 깊이 숨겨 놓고 가끔씩 꺼내 읽는 파도

해설

1부

있다 없다 있다 없다

경각심

    피뢰침 부근에서 바람은 깨어난다 하늘은 구름을 당겼다 놓으며 안식을 얻고 피뢰침은 고요를 겨냥해 날카롭다 유리창은 방 밖의 격정을 지운다 피뢰침이 첨단에 몰두하는 동안 구름은 흩어지고 지평선 위에서 눈꺼풀이 떨어지는 속도로 하루는 태어난다 피뢰침은 창문 안쪽의 불화에는 관심이 없다 잠들어 있는 오후의 거실 깊은 곳까지 붉게 물들이지 못한다 죽음의 안쪽으로 바람을 초대하는 저녁 그림자의 기도 모든 등장인물이 파국으로 치닫는 꿈을 꾸었다 피뢰침의 호전성은 구름의 유동성이 키우는 것 구름을 포기할 수 있는 구름만 피뢰침 부근으로 몰려든다 창문은 벽의 악력을 견디고 비행기는 어두운 그림자로 거실을 통과해 간다 지평선이 거실 깊숙이 흘러 들어와 눕는 잠의 주변 피뢰침의 각성으로 방은 온통 곤두서 있다

누구나 다 하는 생각

머리카락이 많이 빠졌다
습관적으로 머리를 넘긴다
월요일에는 동풍이 불었고
우리 사이는 어제보다 조금 더 멀어지는 중이다

이미 해 버린 말인지
아직 뱉지 않은 생각인지
독백과 사색은 쉽게 구분되지 않는다

  삶이 한 번뿐이라는 사실을 알고 나면 사람들은 나
태해질까
  최선을 다해서 살까

  이름을 바꾸면 한 번 더 사는 일이 된다는 말을 일단
믿어 보기로 했다
  모든 것을 포기한 사람처럼

  여러 번 죽어서

죽음을 여러 번 기념하며 다시 태어난다면
슬픈 감정은 생기지도 않았을까
사랑도 지금처럼 아찔하지 않았겠지

영원은 아니지만
오직 단 한 번,

왜 매일 밤 일기를 찢었는지
손톱을 물어뜯었는지
나는 왜 그랬는지 알고 있지만 죽을 때까지 말하지
않을 것이다

목적지를 말하고 요금을 지불하듯
이름을 바꾸고
택시에서 내렸다

딱, 한 번만 살고 싶은데

진짜
누구나 다 그럴까

지금까지 내가 쓴 계약서는 모두 무효가 되었고
머리카락은 계속 빠진다
습관적으로 머리를 넘긴다

당신은 신을 모른다고
벌써 세 번째 부인하고 있을 테지만

무엇보다 큰 낱말을 찾는 것이 중요했다

모든 것을 욱여넣을 수 있는 단어
이를테면 행복 같은 그런 이름을 잠깐 상상했을 뿐
이다

캠핑

수첩 속에 적어 둔 문장을 읽다가
이글거리는 불꽃을 보았다

램프 아래에서 흔들리는
불의 그림자

바람에
펄럭
펄럭

바닥에서 숨을 거두는
담요 한 장

모닥불 주위에 둘러앉아
타오르는 뼈의 나이를 세고 있었다

잠이었다가
꿈이었다가

오전의 아이는 한밤중에 문장이 되고

애매하게 말끝을 흐리는 나의 문장은
서술어 구조가 취약하다

아이가 없어도 블록을 가지고 잘 놀지만 창밖을 내다
보고 손을 흔드는 일 따위는 하지 않는다

울고 있는 아이는
보통 열두 시간 정도 후에 문장이 된다

오전의 아이는 한밤중에 문장이 되고 아직 가 보지
않은 숲은 어디에나 있다
나는 없는 것에 대해 생각한다

있다가 사라진 것이 아니라
처음부터 없었던 것
그리하여 지금도 없는 것

내가 없을 때만 나를 방문하는, 아직 만나 본 적이 없

는 친구는 계속해서 나를 찾아오고
　내가 알지 못하는 사람들도 가끔은 어딘가로 소식을
전한다
　소문으로 나타나는 얼굴들이 늘 어딘가에 있듯이
　오늘의 일출이 아직 어제의 일몰로 남아 있는 지구
반대편의 해변은 오늘도 무사할까

　낮은 담벼락 위로 도약을 완성하는 검은 고양이, 완
성되어 사라진 검은 고양이의 도약
　우리는 여전히 미래에 대한 기억이 없다

　그래서 나는 어떤 표정을 지었냐고? 글쎄, 아직 눈곱
을 떼지 않아서 잘 모르겠지만
　두 남자가 흡연 부스 안으로 들어갔다

　아이가 없어서
　오래 웅크리고 울어도 괜찮았다

스피커에서 음악이 흘러나왔고 밤은 긴 간격을 두고 그 끝에서 사라진다

열두 시간 만에 돌아온 아이

문학은 항상 이렇게 찾아오는 거 같아 표정과 목소리가 일치하지 않습니다 이런 부조화에 대해서 해명할 수 있는 방법이 아직은 없어요 미술관에 가서 새로운 표현 방법이 없는지 살펴보기도 했지만 허사였습니다 도대체 나이가 어떻게 됩니까? 요즘은 출신이라는 말도 잘 안 쓰는데 저에게는 죄책감이 큰 말이거든요 시인이 뭐 대단하다고 그렇게 자랑을 하고 다니는지 모르겠어요 우리 아빠 말입니다 도대체 이제 막 완성된 문장은 지금까지 어디에 있었던 것일까요? 지금 한방에서 몇 사람이 떠들고 있는지 알고 있습니까? 시라는 것은 엄밀한 의미에서 하나의 공간입니다 귀를 기울여 보세요 당신의 시력 속에 수평선을 그어 보세요 그리고 차례가 되면 말해야 합니다

엄마는 부라자라고 말했지만 나는 어린 나이에도 그
것이 촌스러운 발음이라 생각했다
　　피자와 핏자는 단순히 발음의 문제가 아니라 용기의
문제

　　용기를 가지고 더 당당하게 목소리를 변조할 것!
　　이제야 비로소
　　이렇게 끝을 시작하게 되는구나

최댓값

옥상에 올라가서 바닥을 내려다보았다

난간을 넘어가 잠시 매달려 있다가 다시 돌아오기도
했다 맨손의 힘만으로 공중에 매달렸다가
꼭 돌아와야 했다

영화 속에서 그러더라 지금까지 무엇인가 이렇게 꼭
쥐어 본 적이 없대

누가?
모르겠어 그건

사물의 극단적인 형태는 어떤 모습일까 이를테면 가
장 상자 같은 상자,
그러니까 상자의 최댓값

가능한 한 멀리 뛰어내릴 수 있는 높이와
깨진 병과 파라솔, 고무대야 정도……, 남산이 보이는

곳이면 더욱 좋고
　　이를테면 옥상의 최댓값

　　굴뚝과 깃발은 나란히 서 있다

　　최댓값이 햇빛이거나 검은 고양이인 상자는 높이 쌓
아 올릴 수 없다

　　얼굴이 바닥을 넘어서지 못하고 튀어 오른다

　　옥상은
　　옥상을 움켜쥐고
　　놓지 않는다

공중 산책

*

그때 나의 고민은 지금 하는 생각과는 달랐다 고백은
항상 한발 늦게, 가장 먼 곳에서 알게 된다 우리는 언제
나 먼저 가 있거나 늘 한발 늦게 도착한다

*

항구에서 어선들은 각기 다른 방향으로 출렁거린다
파도는 하얗게 부서지며 해변으로 올라온다 방파제와
말라 죽은 고기들 살아 있던 것의 영혼은 일요일 쪽으
로 얼굴을 찡그렸다 케이블카 속에서는 할 일이 별로 없
다 강화유리를 딛고 어두운 수심을 가늠하고 있을 때
사람들은 지구의 구석을 본다 발밑으로 그러니까 잔잔
한 수면 위로 어떠한 치정의 배경도 되어 보지 못한 공
간이 덩그렇게 놓여 있다 누구도 쉽게 마음을 먹지 못
하는 높이 간신히 평온할 수 있는 높이에서 여행객들은
카메라를 들고 먼바다를 바라본다 갈매기가 갯바위의

뒤편으로 사라졌다 새들은 착륙 지점이 시야에서 사라지지 않도록 고도를 유지한다 해안선에서 멀어질수록 곡선은 완만해지다가 종국에 가서는 직선으로 펴진다 삶의 구체로부터 멀어지는 곳에 도달해서 우리는 잠시 행복하다 영혼은 가장 높은 곳에서의 시점이다 공중에서 우리는 사태의 입체성을 규명할 수 있다

*

케이블카를 타고 바다를 가로질렀다 건너편 항구에 정박할 때까지 우리를 밀어 준 것은 바람이나 파도의 힘이 아니었다 사람들은 이마 위에 달라붙는 모래알을 털어냈고 눈썹을 흔들고 있는 바람에는 입 맞추지 않았다 지워지는 발자국에 대해서도 고민하지 않았다 나의 고백도 파도와 갈매기를 보면서 고민한 것은 더더욱 아니었다

기분 탓

눈물이 부쩍 많아졌어요

바다가 가까워질수록 하늘은 더 밝아집니다 기분 탓
이죠 일이 잘 풀리지 않을 땐
　돌아앉아 사물의 그림자에 몰두합니다

초원을 달리는 개들은 점점 사나워졌습니다 멀어지
거나 가까워지면서
　개가 되고 있는 중입니다

그림자 속에서 우리의 걱정은 얇은 종이가 됩니다

말하는 방법을 잊을 것 같아서 둥근 식탁에 둘러앉
아 오늘의 대화를 남겨 두었습니다
　조금은 싱거운 미역국처럼 우리는 매번 목적지를 바
꾸어 가며 환승합니다 승차권처럼,

세수하는 얼굴은 오늘의 방향을 묻습니다

버스는 방금 전에 출발했고요 우리의 대화는 아직
정차 중입니다

어디쯤에서 만날까요 눈물이 부쩍 많아졌습니다 멀
어지거나 가까워지면서
　방파제가 되고 있는 중입니다

뒤통수는 얼굴로부터 너무 먼 곳에 누워 있습니다 나
의 등을 거쳐 다시 나에게 돌아오기까지
　그리움은 계속해서 반환점을 돌고 있어요

우리는 여전히 정체 중입니다 점점 멀어지면서 결국
에는 만나겠지요
　어디쯤에서 기다릴까요
　나라는 복수
　복수의 나는,

그림자 속에서만 우리는 가까워집니다

낫

낫을 하나 주문했다

낫의 단호한 어감이 매력적이었다 기다리는 내내 결
의문을 쓰고 읽었다

둥근 곡선을 밖으로 보이며 속으로 칼을 가는 낫의
자세를 기억할 것이다
그리하여 낫을 사이에 두고 당신과 맹세할 것이다

그러나 내려칠 목도 당신도 없구나
사랑은 더더욱 나의 것이 아니구나

내가 아니면 너이고
너가 아니면 나라고밖에 할 수 없는 우리

우리의 사랑을 너에게 다가서는 점진적 행군으로 번
역하는 나의 감수성
손목과 발목은 우리의 사랑을 물리적 운동으로 전환

해 준다

　어제는 떠나간 자의 것이라기보다 남겨진 자의 얼굴
에 가깝고
　나의 얼굴과 떠나가는 너의 뒷모습이 한데 엉켜 반쯤
사랑할 때
　우리는 쉽게 종결된다

　나는 너의 뒷모습이고
　너는 여전히 나의 얼굴,

　우리의 적의는 늘 무엇인가를 향해서 움직인다

　너 아니면 나
　또는 그 사이에서

반짝반짝

지나가는 사람들은
앞모습이거나 뒷모습뿐이다

산책 나온 사람들이 철봉에 개를 묶어 놓았다
철봉은 개를 들어 올리고
개는 철봉을 당긴다

주인은 철봉에 매달려 간신히 턱을 걸고 있다
철봉의 강도를 신뢰하고
개의 목줄을 사랑하며
얇은 손목을 후회하고 있었다

팽팽하게 달려 나가는 개
바깥에서 바깥으로만 달리는 개

계단은 직각으로 주름을 접고
사람이 지날 때만 불이 들어온다

반짝반짝을
있다없다있다없다로
옮겨적었다

있다 없다 있다 없는 주인을 보고,
있다 없다 있다 없는 개가 짖는다

비밀번호를 누르고 현관에 들어서면
전등은 있다없다있다없다

불 들어온 얼굴이
불 꺼진 얼굴을 보고 있었다

비슷한 말

"우리의 목적지는 안개야"

나는 목적지와 같은 말을 믿지 않는다
삶을 각자의 방향에 몰두하는 시간이라 설명하는 것
은 운전수들의 말이다
누군가의 마음을 난도질하는 자의 변명이거나
이를 꽉 물고 그 누군가의 속을 휘저어 놓는 자들의
습관이다

"우리의 목적지는 처음부터 안개였기에 아무리 내달
려도 우리의 목적지는 불투명하다"

안개의 부근에서 우리는 종종 무기력하다

밤과 가까운 말 중에서 사람의 눈을 제외하고 가장
천천히 사라지는 잠
과학 시간에 배우는 분류법으로 어둠을 걸러낼 수
있지 않을까

초콜릿을 녹이는 긴 혓바닥처럼 한밤의 가운데를 할짝대다 보면 쓴 잠만 남곤 했으니까

어둠이 어떤 물질일 수도 있겠다는 생각을 하다 보면 나의 사랑은 단순한 운동에 불과하다고 여겨졌다

오늘 밤에는 잠깐 시내에 다녀와야지 상점의 쇼윈도 위로 얼굴을 남겨 두고 돌아와야지

그러나 우리의 초코케이크는 포기해야 한다

제과점에 들러 소금에 절인 청어를 주문하고 한참을 앉아 기다렸다

커피 한 잔과 빵 한 조각을 받아 들고 청어처럼 먹었다

남들만큼 하다 보면 결국 남이 될 수 있을 것 같았다 그래서 잠과 꿈과 오늘 밤을 우리는 자주 헷갈린다

지금 우리에게 필요한 것은 위트 있는 논평이지 저 달의 비대칭성을 증명하는 과학적 설명이 아니다

공리주의는 앵글로 색슨계의 사고방식이고 구름은

어둠과 함께 움직이다 한꺼번에 사라졌다

그나마 비슷한 것은 안개였다

불 드 쉬프

절벽이 아름다운 마을에 다녀왔다 마르셀은 항상 한 발 앞서 걸었다 눈 덮인 숲길을 걸었던 기억은 눈처럼 차고 미끄러웠다 접시 하나만 있으면 포일에 싸서 구운 돼지고기를 뭉텅뭉텅 떠다 먹을 수 있는 곳 절벽은 항상 결단을 요구한다 단호함은 이념지향적이지만 구운 돼지는 맛이 좋았다 마르셀은 보이지 않고 발자국뿐이었지만 곧 잊었다 절벽 아래는 고요하기만 했다 바닥에 닿기도 전에 비명은 사라진다 절박한 사물의 표정으로 공중에 잠깐 정지해 있는 방향, 절벽은 절벽에서 죽는다 접시를 다 비우고서야 집을 생각했다 집은 언제나 마지막에서야 생각나는 곳 마르셀은 어디로 갔을까 사우디에서 사 온 양탄자와 박제된 사막여우를 남기고 비명은 어디로 갔을까 톱밥이 날리는 창고 깊숙한 곳, 몰래 숨겨 놓고 키우던 고양이가 밤새 울다가 사라졌다 배드민턴 라켓 줄을 모두 끊어 놓고, 고양이는 어디로 갔을까 그러니까 구운 돼지를 세 접시째 떠다 먹을 때까지, 기름이 묻은 입술과 탐욕스럽게 부푼 볼이 부끄러운지 몰랐다

침대 중심주의적 생활

침대는 어깨보다 푹신하다
큰 상자들이 방 안 가득 쌓여 있다
안경은 쉽게 부러진다
아내 몰래 팬티를 벗어 세탁기에 넣었다

왜 땅만 보고 걷니?
절벽이 지속되고
잠깐 나타나는 파도의 순식간을
어째서 애써 놓치고 있니?

나는 바닥을 보거나 뒤통수만 본다
밖에 있지만
마음속에 놓인 바닥과 뒤통수

장마가 시작되면
침대를 꼭 붙들고 노를 저어야지
의사가 부르기만을 기다리면서

진단서를 확인하기 전까지
우리는 아직 죽은 게 아니니까
침대를 따라 출렁거리다가
올여름 휴가는 나의 장례식장으로……,

사람들은 계획 없이 죽거나
계획 없이 사랑에 빠진다
죽은 쥐를 만질 수 있는 용기는 없고
무릎까지 눈이 쌓인 날에는 출근하지 않았다

지하철 문이 열렸다 닫힌다
아이들은 늘 엄마를 보챈다

집은 비탈이 험한 곳에 있다
생활은 침대를 따라 기울었지만
집을 생각하는 일은
침대를 생각하는 일과는 달랐다

단 한 번, 영원히

공항에는 유리창이 많았다 온통 비행기가 지나간 구름뿐이다

얼굴을 살짝 두드리면

하품하는 산 너머와 오른쪽 접시를 왼쪽으로 옮기는 노인의 무릎 위로

저녁은 붉은 토마토수프처럼 끓는다

토마토 얼룩과 일회용 스푼과 함께 우리는 구겨진 냅킨의 표정을 짓는다

맞은편에 앉은 얼굴이 나를 보고 웃었으면 좋겠다고 생각했다

유모차에서 졸고 있는 검은 구름

비 내리는 유리창으로 암스테르담이 보였다

상트페테르부르크 상공을 지나는 동안

구름 위에서 구름의 표정으로

나의 그림자 속에 잠들어 있는 검은 구름을 상상했다

표정이 없는 구름의 무늬에 비하면 내가 쓰고 있는
시는 지나치게 인위적이었다

한 번도 닫힌 적이 없었던 나와 한 번도 열린 적이 없
었던 나

이렇게 멀리까지 가도 되는 것일까?

조금씩 어두워지고 있는 저녁처럼
점진적으로 다가가는 마음으로
슬픔에서 기쁨으로 옮겨 갈 수 있으면 좋겠다

유성이 떨어지는 동안 한 번도 소원을 완성하지 못했
던 우리들은
한 문장으로 모든 것을 말해야 한다는 것이 못내 아
쉬웠지만

단 한 번, 영원히
떠오르는 얼굴이 있을까

비행기에 오르면 우리는 질서를 지킨다
옆 사람과 익숙하게 눈인사를 나누고
아주 잠깐, 낯선 사람들과 함께 죽는다는 것에 대해
생각한다

우리는 이미
국경을 넘을 자격이 충분했다

2부
미간에 잠깐 나타나는 난폭함

변명

머리를 깎는다고 집을 나왔다 담배 한 갑과 아이스커피를 한 잔 사서 나무 그늘에 섰다 먼저 머리를 깎고 관악산을 오를까 목욕을 하고 업체 사람들을 만날까 이력서가 안주머니에 있으니 안도하며 담배를 하나 물었다 일단 얼음이 녹을 수 있으니 커피를 먼저 마시자 아니 관악산은 언제든 오를 수 있으니 목욕을 하고 업체 사람들을 먼저 만나자 그늘을 따라 자리를 옮기는 동안 관악산이 푸르다는 생각을 잠시 했다 얼음은 녹고 있었다 원을 그리며 나무를 돌고 있는 발걸음이 불규칙적이다 계약은 성사될 것이니 담배를 한 대 피우고 관악산으로 가자 이력서는 녹는 일이 없으니 커피를 먼저 마시자 집에는 다림질을 하는 아내가 있고 나는 조용히 현관을 열고 들어가 침대 위에 반듯하게 누우면 된다 머리는 단정하게 빗겨져 있을 것이다 업체 사람들은 나를 기다리며 시시덕거리다 퇴근했을 것이다 그러니 먼저 관악산을 오르는 것이 좋겠다 그림자를 따라 돌면서 하루종일 관악산을 바라보다 이발을 하고 귀가했다

녹는점

바람은 불고
꽃은 피고,
나무는 흔들리거나
이파리를 떨군다

나는 추억이 없다

길 가장자리를 찾아 걷는 사람들의 손은
주머니 속에 있다

보이지 않는 곳에서 꼭 쥐고 있는
들판,

솥을 걸고 국을 끓이던
검게 그을린 돌들이 있다

백마는 순한 눈으로 풀을 뜯고,

출근과 퇴근 사이에
아이스크림은 없다

아이스크림과 스푼 사이에
웃는 얼굴

검은 돌과 그을린 생각
손가락 사이로 빠져나가는,

빈 주먹을 꼭 쥐고

숲은 간지러운 걸 어떻게 참지

고백에 응답하지 않은 것은 당신인데
어째서 하나도 밉지 않은지

그게 누구였는지
몇 시였는지
강릉은 여기서 얼마나 먼 바다인지

온종일 익숙한 목소리만 들린다
울고 있는, 움켜쥐고 놓지 못하는, 손이 가는 대로 집
어 던지는……,

얼굴
내 것이 분명했다

강릉에는 여전히 파도가 있고
솔밭을 넘지 못하는 바람이 분다

"우리가 안 가 본 곳이 있을까?"

글쎄 그런 곳이 아직 있을까 우리가 함께 가 본 곳만 진짜 바다가 될 텐데

"유치해"

그때부터였다 눈코입이 수시로 자리를 바꾸며 옮겨 다녔다
바람에 지워지는 모래 언덕처럼

나는 왜 나일까
왜 지금까지 나였을까
앞으로도 쭉 나일 테지만

그래도 어떤 기도는 구름 너머에까지 가닿지 않을까 그곳이 뉴질랜드쯤이면 좋겠다
내 얼굴이 수북하게 쌓이는 곳

"어쩜⋯⋯"

모든 사랑은 고백을 끝으로 사라진다
강릉에는 여전히 솔밭 속에 머물고 있는 바람이 있을
테고,

"숲은 간지러운 걸 어떻게 참지?"

큭큭,
헤헤,

나는 네가 기꺼이 이 웃음의 화자가 되어 주었으면 했
는데⋯⋯,

서걱서걱
아직 눈코입이 자리를 잡지 못하고 있다

얼룩, 얼굴

건물 그림자들이 북쪽으로 기울기 시작했다 내 차는 서쪽으로 달린다 아내가 늦게 들어오는 날은 집이 더 어두웠고 집 안은 검은색이 한 뼘 더 자란다 십자드라이버를 들고 집 안을 구석구석 조였다 분홍의 얼룩이 소파 위에서 뒹굴다 그대로 소파가 되었다 얼룩은 생활의 옆에서 번식한다 한발 비켜서도 언제나 한복판 차는 다시 남쪽으로 방향을 바꾼다 아파트 모델하우스에서 미니어처 마을을 내려다보며 창세기를 생각했다 어디에도 숨을 곳이 보이지 않았다 분홍색 반점으로 피어나는 정오 전염병처럼 얼굴이 따끔거린다 오늘은 꼭 기도하고 잠자리에 들어야겠다

사물의 방향

국자로 국물을 휘젓고 있던 남자가
상복을 벗고 달려간 곳은 십자가 앞이다

십자가의 뒤편은 얼마나 어두울까
모든 성상에는 방향이 명확하다

십자가 뒤에서 어두운 얼굴로 포도주를 마신다
오늘은 정식으로 고아가 되는 날,

밥상에서 턱을 괴어서는 안 되지만
나는 군자란에 물을 주는 사람이니까

바람에 날리는 상복과 흰 붕대,
건널목을 건너는 부러진 목, 발

삶과 죽음을 넘어설 만한 상상력이
우리에게는 없다

돌멩이로 태어나서 사람으로 죽거나
돌멩이로 태어나서 돌멩이로 죽는다

나무만 방향이 없어서
조금 더 평화로운 얼굴이었다

맹견과 애완견

산책 나온 애완견은 지루한 표정으로 짖는다 주인과의 거리를 밀고 당기며 맹견이 되었다, 다시 애완견으로 돌아온다 개가 짖을 때마다 목줄을 강하게 잡아채는 습관은 맹견과 애완견 사이에 있다

유리컵을 바라보는 식당의 여자처럼 유리컵은 있다 유리컵에 가득 찬 물은 뒤편의 글자를 뚱뚱하게 부풀린다 투명한 것이 왜곡시키는 물병 뒤편을 개는 진실된 표정으로 보고 있다

비어 있는 것에 대한 고민은 그다음의 문제다 있다는 사실만으로는 큰 사건이 될 수 없지만 빛은 여전히 길고 가끔 굴절된다

불이 켜진 전구 밑에서 건너편의 그림자를 부른다 꼬리를 흔들며 단숨에 건너와 맹견이 되었다 애완견이 되는 남녀는 목줄이 길다

발이 길거나 목이 길어서 성큼성큼 달아나거나 멀리 본다 오래 기다리다가 바로 돌아선다 잠깐 울다가 길게 포옹한다

목줄을 길게 늘이며 달려나갔다 다시 제자리로 돌아오는 내 얼굴, 빛은 길고 가끔 굴절된다 나는 그냥 길지 않다

감추지 못한 감정들은 유리컵 뒤편에서 구겨진다 처음부터 개를 하나의 상징으로 이해한 사람들에게 사자와 코끼리와 기린은 얼마나 생소할까 끝내 사자를 이해하지 못한 채로 사랑을 할 수 있을까

어떤 개는 맹견이 되었다 애완견이 되면서 멀리 앞서가다가 잠깐 뒤돌아본다

붉은, 겨울, 나무, 눈동자,

나무들은 겨울에만 나타난다

여름에는 사라졌던 불안한 눈빛

빈 가지로 바람의 등을 내리쳐야 하니까 떨어뜨린 이
파리들이 겨울 밖으로 날아가야 하니까

실핏줄 터진 눈동자

불안을 감추고 밤과 함께 어둠 속에 가라앉는 붉은
태양

미간에 잠깐 나타나는 난폭함은 나의 것

나무라고 불렀을 때
나무 속에서 걸어나와 네, 하고 대답한 뒤
다시 나무 속으로 걸어 들어가는 나무

나무만 남아서

똑똑,

누구십니까?

나무 속에서 걸어 나와
다시 돌아가지 못하는 우리

난폭한 바람으로 두드리는
붉은, 겨울, 나무, 눈동자

혁명의 원리

믹서기 속에서 토마토 하나가 분쇄되는 것은 순식간이다 눈앞에서 홀연히 사라지는 어떤 사물에 대해 생각하다가 빠르게 회전하는 모터의 원리 앞에서 주먹을 불끈 쥐었다 눈은 더 작은 눈이 되었고 발목은 더 얇은 발목이 되었다 코가 나누어져 입이 되는 일은 없었으나 우리는 나누어져 남남이 되었다 함께해도 남남, 남남남, 남남남남, ……

연속되는 혼자,
모두 혼자입니다

마술이 끝날 때까지 아이들은 마법사의 소매만 쳐다본다 미분과 적분은 우리가 사랑을 나누는 방식 무한을 상상하는 동안 등 뒤로 손을 뻗는 당신의 기척을 눈치채지 못해도 괜찮았다 아무리 코를 풀어도 얼굴은 뭉개지지 않는다 아이들이 소매에 집중하고 있는 사이 마술사는 입 속에서 끊임없이 만국기를 꺼낸다 벽장에 숨어 있던 군중들이 광장으로 쏟아져 나왔다

낮잠을 자는 동안 레미콘이 읽어 주는 소설은 대개 이런 것이다 회전하며 전진하는 사람들의 목소리가 머릿속에서 뒤섞이고 있었다

구체적인 의자

의자는 구체적이다 사물의 경계가 뚜렷하고 분명하다 여기부터 의자이고 의자가 끝나는 곳에서 공중의 길이 시작된다 텅 빈 공간이 끝나는 자리에서 책상은 태어난다 구체적인 우리의 생활에서 정체불명의 것은 추상적인 내 얼굴뿐이다 사실 오른팔과 왼팔은 친연성이 없다 심장은 어디에나 있는 소파 쿠션 속에서 두근거린다 굳게 닫힌 문을 밀면서 척추를 접었다 편다 나는 모든 책상들의 후예, 점멸하는 가로등 속에서 눈을 뜬다 게시판에 붙어 있는 연두색 포스트잇의 불안과 위태를 함께 느낄 때, 우리 모두는 우리 모두가 된다 윤곽이 없는 것들은 책상 밑으로 모여 어둠이 된다 빈 공간은 빈 것들로 가득 찬다 내가 끝나고 너가 시작되는 자리에서 사랑은 고백된다 아무 데나 파카를 벗어 두고 단지 내 놀이터를 모두 뒤졌다 나는 아무 데서나 따뜻하다 한번도 만난 적이 없었던 우리, 본 적 없는 동안만 그들은 매우 진실된 친구들이다 진실되지 않은 것은 나뿐이다

진실된 나무와

진실된 계단
진실된 변기와 쓰레기통

그것들이 진실되지 못할 때는 나를 마주할 때뿐이다
파카에서 파카를 또는 너의 분노를 벗지 못할 때,
그것은 전적으로 나의 책임이다

전선들이 엉켜 있는 방에서 엉켜 있는 생각들을 풀어 가며 쓴 글

오전에 만났던 여자아이의 얼굴이 생각났다

손을 뻗어 악수를 건네려다 깜짝 놀라 다시 거두어 들였던,

내 팔뚝에는 거친 털이 수북하다

침대에 누워 잠들기 전까지 천장을 올려다본다 형광등 불빛 속에서 오른쪽 팔이 불쑥 내려온다
눈을 감았다 뜨면 잠시 사라졌다 다시 내려온다 낮에는 흔들지 못한 손이 천장에 매달려 있다

밤새워 쓴 글을 읽으면 기분이 어떻습니까 하품이 끝날 때마다 한 단락씩 써 내려갔습니다
거실에는 벽시계가 걸려 있고요 녹색의 식물들은 아침 쪽으로 몸을 기울입니다

나무는 흐르지 못하고

나무의 시간만 흘러갑니다

아직 가 보지 않은 국경이지만 땅 위의 이야기는 그대
로 소설이 되었습니다

한 번도 소설을 읽어 본 적이 없는 인간의 마음이 필
요합니다
밤새워 읽는 글은 모두 꿈이 됩니다

어제의 나는
요즘의 나에 포함된다
한 달 전의 나는 조금 애매하지만

나는 털이 수북한 손으로 잘못 찾아온 꿈을 휘휘 저
었다
내 사과는 어느 쪽을 향해서 기도가 될까요 이내 당
신의 소원이 될까요
기도할 때는 왜 한 지점만 바라보는지, 가장 오래 바

라본 곳은 구석이 됩니다

여기가 당신의 구석인가요
불쑥 손을 내밀어도
어두운 생각에 빠져 있는

칫솔의 자세

세면대 위에 칫솔이 놓여 있다 그곳은 칫솔의 자리가 아니다 버려진 사물의 자세는 티가 난다 아무 데나 누워 있는 거리를 닮아 있다

칫솔에 치약을 묻혀 양치한다 흰 거품이 입 밖으로 흘러나온다 거울 속에서 양치하는 나를 훔쳐보았다 자주 침을 뱉었다

목구멍 깊은 곳을 자꾸 건드려 헛구역질을 했다 구역질이 계속해서 구역질을 뱉어내고 있었다 사물이 죽는 방법은 간결했다

입 속에서
청결한 혀 냄새가 났다

건너편

건너편에 있는 사람이 한 점으로 보인다

수평은 상태이면서 방향이다
평평하고
중력과 직각을 이루는

백 년쯤 후면,
조각상의 얼굴은 구가 되겠지
눈, 코, 입이 같은 높이로
평평해진다

미술관에는 운동의 방향만 전시되어 있다
형태와 질감만
벽에 걸린다

나는 수직으로 서서
수평을 유지하고 있는 건너편을 본다

하천을 사이에 두고
멀리에 있는 사람이 흔드는 손은
나의 시점이 아니다

멀리에 있는 사람의 눈코입을
내가 서 있는 쪽에서 생각한다

한 번 더
생각한다

건너편은 내가 만든 것이다
나는 건너편만 본다

바이얼레이션

지하 주차장에서 소년들은 공을 튀기며 달린다 열리
지 않는 바닥을 두드리며 주고받는 패스

멀어졌다 가까워지는 충격으로
밀폐와 싸운다

농구공만으로도 건물은 두근거리고
머리는 지끈거린다

손에 잡히는 대로 아무거나 던지면 반칙입니다
출구를 찾지 못한 손톱들은 벽을 긁고요 갈라진 틈
으로 조금씩 물이 샙니다
우리는 잘 젖습니다

손톱을 깎을 땐
너무 바짝 깎지 말고
말랑말랑해질 것,

반쯤 베어 먹은 복숭아를 보닛 위에 잠시 두고
드리블은 마저 끝내야지

하고 싶은 말을 숨겨야 한다면
엄마가 죽었다고 해
그러면 모두가 아무것도 묻지 않고 위로해 줄 거야

휘슬이 울리는 곳에는 이미 아무도 없습니다
바닥은 끝내 바닥을 열고 무언가를 꺼내 주겠죠 두
근거리는 심장쯤 될까요
저녁은 뒷목을 잡고 어두워집니다

사실 우리는 격렬한 드리블로 어떤 위태를 향해 가는
결정적 찬스에 취약하다
튀어 오르는 농구공이 다시 바닥에 도착할 때까지만
두통은 사라집니다

농구공의 텅 빈 심장에 대한 것이라면

그 무게로 두드릴 수 있는 누군가의 마음이 나에게는
아직 없습니다

3부

우울한 구름 색의 얼굴

단지, 분수만 있었던 오후

오늘의 한가운데를 지키고 있었던 구조물은 분수였다 외국 여자들이 분수대 앞으로 개를 끌고 모여들었다 바람에 한들거리는 운동복 차림이었다 지금 막 비탈을 내려온 여자들은 우산을 접어서 가방에 넣고 개를 쓰다듬었다 하늘 높이 꼬리를 세우는 개들이 멍멍 짖기 시작했다 나는 마리가 데리러 오기를 기다리고 있었다 벽에 세워 둔 우산을 잠시 바라보다가 함께 비를 맞으며 집으로 돌아가는 것을 상상했다 나는 마리를 위해 흠뻑 젖을 수 있을 것만 같았다 그러나 그러지 말자 곧 거짓말이 될 것이다 거꾸로 치솟는 물줄기가 있을 뿐이었다

검은 밤의 운동성과 물질성

새벽은 입술만 남아 있어 후우-, 하고 입김을 불어 놓고 사라진다
가끔 어떤 질감으로 손끝에서 구분되는 밤도 있다

눈동자만 남아 있거나
한쪽 귀로만 엿듣는 세계
그런 밤이 끝나고

모두 한자리에 모여서 함께 끝을 경험하고 있지
밤은 모든 세상의 끝이 될 거야

마지막까지 혼자서,
혼자로 남을 수 있는 마지막 순간

눈가에 굳어 있는 눈물을, 누군가 사과를 먹던 혀로
핥아 주겠지
얼굴에는 사과 향이 남아서 오래 맴돌겠지

티스푼으로 톡톡 어둠을 건드리면
배가 고픈 사람들은 구름을 상상하며 혀를 빠르게
날름거린다

갈라진
긴 혀로,

서로의 혀가 맛없어졌을 때
긴 꼬리만 남아서
저녁의 거리를

팔딱
팔딱
흔드는

우울한 구름 색의 얼굴을 하고
파랗게 질린 입술
죽은 사람들을 부르는 북쪽으로

떠오르는 익사체

크리스마스트리를 해체할 때의 기분이라면 누구와
도 쉽게 이별할 수 있겠지
　나는 왜 여기에 모여서 아직도 자라고 있는 거야

기도하는 손목을 잘라 화분에 꽂으면
소원은 웃자라 금세 무성해진다

피는 여전히 진행 중인 감각이고
천천히
극단적 상황을 받아들일 수 있도록
시간을 주면서 흐른다

잠이 끝없이 쏟아지는,
숨소리만 들리는 전화가 걸려 오는,

밤이

쇼케이스에 칸칸이 진열되고

내가 평생 속고 있다는 사실만큼은
죽기 직전에만 깨달으면 되는 일

지금부터 눈치챘다면
남은 생이 너무 불행할 거야

모르고 죽는 건 더더욱 싫고

오늘 아침 나는

가장 낮은 음으로 휘파람을 불며
횡단보도를 건넌다

구겨진 셔츠가
벨트 밖으로 조금 흘러내렸다

아스팔트 위에서 발을 동동 구르던 짐승의 이빨을 본
것이다
휠체어를 밀며 낮은 언덕을 올라가는 여자를 못 본
척 지나쳤다
예정에도 없던 얼굴이 불쑥 떠오르는 시간은 오전 10
시 무렵
시궁창에서 얼굴이 떠오른다는 말은 거짓말이다

다 살아 보지 않아도
삶이 어떻게 끝날 것인지는 뻔했다

가지는 가지

피망은 피망

중요한 것은 마음이니까
서로의 최후를 끝까지 지켜봐 주기로 했다

카메라 앞에 앉아서 고백을 촬영했고 렌즈는 핥을수
록 통밀가루 과자 맛이 났다
누구의 맛일까
나 말고 또 누가 오늘 아침을 핥고 있을까

엄마,
아빠,

내 손을 놓지 말아 주세요
여러 번 접었다가 편 종이처럼
내 혀는
아무 말이나 뱉고 있다

신발장 속 구두를 꺼낸 빈자리에 시궁창 냄새가 진동
한다 적어도 오늘 아침 나는,
　　가지와 피망 사이에서 반복되었고 악취 속에서 지워
진다
　　도마 위로 하얀 씨앗들이 흩어지고 행주를 빨아서
탁탁 털었다
　　살아 있는 혀에서 비린내가 가시지 않는 이유는 무엇
일까

　　솔직히 말해서
　　쟤 좀 별로지 않아

　　앞으로 다시는 뜨거워지지 말 것, 그럴 필요도 없는
세계에서
　　미리 뛰어나가 큰소리로 이름 부르지 말 것
　　어떤 형식도 없는 격렬보다
　　조용한 마음이면 충분했다

어떤 사물의 그림자는
밟을 때마다 네 생각이 나지만
오늘 아침 나는
사물들의 그림자를 피해서 걷는다

박하사탕을 입에 물고
부끄러움이 다 녹을 때까지
너의 얘기만 들어 주기로 했다

한 장씩 넘기다 보면 끝내 다 넘어가는 이야기

수백 페이지의 얼굴

한 장씩 넘기다 보면 끝내 다 넘어가는 이야기 바람에 취약한, 지루한 이야기
소년들은 법전 같은 표정으로 계단을 오른다

제발 이 편지는 혼자 있을 때 읽어 줘 아이들의 얼굴은 쉽게 찢어지는 만큼 조심해야 한다

기도하는 법을 몰라도 괜찮아 두 손을 모으면 누구나 그 무엇에도 간절해지기 마련이니까 무릎을 꿇고 두 손을 모으고……,
심장은 가장 낮은 곳에 내려놓는다

진흙 속에서 우리는 두근거린다

그러니 꼭 혼자 있을 때 편지를 읽어야 해
슬픔이나 상처와 같은 단어는 오늘과 거리가 멀었다

아니 철봉이나 수면제 또는 슈트케이스보다 훨씬 멀리
있는 말

  어제는 어떤 열쇠로도 열 수 없는 기억이야 건물 뒤편
에 포대처럼 쌓여 있었지
  그래도 한 번은 주인공이 되는 날이잖아 너의 몸은
항상 그림자보다 늦게 도착했다

  너는 왼쪽으로 돌아누워 심장을 바닥에 꺼내 놓았다
어두운 그림자는 늘 우리 곁에 있었는데⋯⋯,

  내가 잠깐 한눈파는 사이 너는 심장만 꺼내 놓고 사
라졌구나
  편지는 꼭 혼자 있을 때 읽어 줬으면 해

그런 사이

검은 각설탕,
혓바닥 위에서 혀를 검게 물들이며 사라지는 붉은 달
숲은 깊고 매운맛이 난다

죽은 선인장을 바람에 말리다 굵은 마사토에 꽂아 두
면 간혹 얼룩말이 되기도 한다

선인장을 기다린 것은 죽은 선인장들뿐
우리는 혓바닥 위에 올려놓고 돌돌 굴리다 한 번에
깨물어 먹는 기도를 믿을 뿐이다

폭설은 어디든 쏟아질 수 있고
투명한 하늘 저쪽에서 지구로 번져 오는 우주의 색,

무대 위에서 어둡게 웃고 있는 얼굴이
주황색 전구처럼 슬퍼 보인다

분장한 배우들의 얼굴은 쉽게 금이 간다 얼굴이 깨지

면 진짜가 나올까 밤의 안개 속으로 사라지는 검은 콧구멍, 코를 풀면 풀수록 콧구멍의 성취도는 향상된다 혼자를 성취한 얼굴 위로 노란 고름처럼 기우는 달

　서로 등을 맞대고 잠들어
　처음 보는 얼굴로 아침에 헤어지는 그런 사이

　그림자 도끼와 그림자 낫을 들고
　어두운 눈코입을 베어내면
　무럭무럭 자라나는
　그런 사이

　죽은 뼈들이 숨을 쉬고 악수는 성립되지 않는다 눈코입이 지워진 채 울고 있는 배우들, 독백을 강요한 연출가의 식탁 위로 알록달록한 버섯수프를 대접했다 까닭 없이 기분이 좋아진 연출가는 마지막 무대를 망쳐 버리고

　이목은 나의 것

구비는 너의 것

자를 대고 금을 그었다
이목구비를 공평하게 나누었다

나는 순식간에 혼자가 되었다

높이 치솟는 위로

어깨를 들썩이는 뒷모습

높이 치솟는 적란운

위로 같아서
기분이 금세 나아진다

　아무도 알지 못하는 사이 술래가 되었고 가끔 누군가 알아볼 때만 친구라고 불러 주었다
　티슈를 한 장 뽑아 장미를 접곤 했는데 코를 풀고 마구 구겨 버리자 더욱 장미 같았다

　어제 교실에 적어 놓은 내 이름이 아직 남아 있었다
　하얀색 보드 위
　빨간색 거짓말이 끝내 지워지지 않는다

　달력에 아무리 동그라미를 그려도
　외워지지 않는 기념일

평생 또는 일생이라는 말은 늘
익숙한 것들로 채워진다

우리는 일생을 벗어나지 못하고 죽으니까

목소리가 없는 전화를 두 번쯤 받았을 때 주머니 속
묵주를 돌리며 중얼거린다

뼈는 필수적이지만
근육은 선택적이어서

어깨 근육을 부풀려 떠오르는 꿈을 꾼다

누군가를 업고 달려 본 적이 없어
점점 작아지는 나의 어깨

누군가의 무게를 아주 잠시라도 버텨 본 적이 있었
다면

사람을 사랑하는 일이
조금은 수월했을지도 모르겠다

길 위에서 만난 유령과 아직 죽지 않은 시체들의 밤*

핸드폰은 울리지 않았다 아내는 지금 중국에 있다
잠들지 않은 사람들이 돌아다닌다
그들은 언제 잠들까
자동차는 항상 깨어 있다

무슨 밤이 이렇게 부드러운 거야 우산을 쓰고 집으
로 돌아오는 내내 중얼거린다
우리가 모르는 사이 지구에서 사라지는 사물들은 밤
마다 대기권 밖으로 날아가는 것으로 밝혀졌다

오늘부터는 중력을 믿지 않기로 했어
어젯밤 대기권 밖으로 날아가는 사과를 목격한 탓
이다
우주의 한기가 그대로 지구를 덮어
나의 대기는 너무 차다

전화기를 귀에 대고 기다렸다
목소리가 나에게 건너오는 중간 지점까지 나의 목소

리가 마중 나가는 상상을 해 보았다
　무엇이든 다 할 수 있는 시대, 시체처럼 보였다

　겨울 바다에 가고 싶었지만
　여기에서 겨울까지는 너무 멀고

　테이블 밑, 의자들은 질서 없이 놓여 있었다
　아내는 국경 안에서만 나의 아내가 된다
　그러니까 지금 중국에 있는 여자는 지난달 나의 아내
인 적이 있었던 여자다

　할머니가 시집올 때 가져왔다는 다리미와 가마솥이
막 대기권을 벗어나고 있다
　이제 할머니만 남았다

　흑흑
　누구도 살아서 이 세계를 빠져나간 사람들이 없잖아
　총구를 겨누고 싶은 얼굴들을 모아다가 콜라주 하면

그게 바로 현대 예술이지

결국 엄마와 아빠만 아들을 기다리고 있었던 셈이다

흑흑
나는 잘 못살았던 거야
할머니 많이 아파?
그래도 할머니가 기억을 하지 못하는 것은 다행이었다
꼼짝 못 하고 누워서
엄마, 아빠 얼굴을 알아본다면 얼마나 슬플까

아빠만 불쌍하지
그런데 나는 뭐 하고 있는 거야, 지금

만져지지 않는 기도를 왜 두 손 가득 모으고 밤새 성
호를 그었을까?
절하고 절하고
절하고

어디부터 잘못됐을까

왜 전학을 온 후로 성당에 나가지 않았지
아이들은 매일 체육 시간마다 내 안경을 숨겼는데

도대체 왜 보도블록 사이 군데군데 돋고 있는 잡초를
뽑지 않은 거야
왜 그렇게 측은한 눈빛으로 화초에 물만 주고 있었을
까, 우리 엄마 아빠는

지구의 자전 속도를 이기지 못해 사물들은 대기 밖으
로 튕겨져 나간다
어제는 북아프리카와 남미의 사막이 통째로 지구 밖
으로 날아갔다
오랫동안 알고 지내던 친구가 극우 인사로 밝혀졌다

자동차만 깨어 있었고 모래를 털고 있는 낙타와 선인

장 그리고 오아시스모텔,
　　잠이 덜 깬 사람들만
　　새벽 끝으로 모여들고 있었다

　　중력은 우리의 생활을 지켜 주지 못했다

* 조지 A. 로메로의 〈살아 있는 시체들의 밤〉.

꼭꼭, 숨어라

마리는 중국어 발음이 좋았다 휴일에는 마리와 중국어로 대화한다 그 소리가 꼭 싸우는 소리 같아서 속마음을 감추기에 좋았다 주일에는 성당에 나가서 기도한다 거짓말과 죄책감이 번갈아 찾아왔다 벽장 속에 몸을 숨기고 어둠에 대고 고백했다 부러진 상패와 멈춘 손목시계, 이름을 부르지 않아도 천천히 눈에 들어오는 사물들이 어둠 속에 있었다 술래를 속이다 보면 나는 어느새 술래가 되어 있었다 어딘가 한 군데쯤은 숨을 곳이 있어서 다행이었다 내 탓이요, 내 탓이요, 내 큰 탓으로소이다 사실 나는 전력을 다해 가슴을 두드리지 않는다 술래는 나를 금세 발견했지만 우리 집에는 아직 다 감추지 못한 벽장이 많았다 들켜 버리기를 기대하며 꼭꼭 숨었다 발각되기를 바라면서 가슴을 두드렸다 그러므로 간절히 바라오니……, 여전히 나는 전력을 다해 숨지 않는다 완전히 감추지 못하는 마음이 아직 벽장 속에 남아 있었다

감정과 검정

창밖으로 보이는 검은색은 밤이다
나는 그렇게 생각하는데
정확하게 그 정체가 무엇인지, 어디까지가 밤이고 어
디부터가 마음인지는 알 수가 없다

말로 설명할 수 없는 감정들 때문에
오랫동안 그 검정 속을 들여다본다

옥상에 올라가 빨래를 걷어 반듯하게 접는다 아무도
마른 수건 개는 법을 알려 주지 않았지만
나는 지금 나무와 이별하고 있는 중, 배가 나와서 뭘
해도 징그럽다고 했다

깨진 거울을 보는 일이 즐거워
유리컵을 바닥에 팽개치며 놀고 싶어

조각난 거울 속에서는
흩어진 마음들도 사방으로 반짝거린다

사랑하는 사람들을 구출해내고도
혼자서만 꿈에서 깨어나는 일
밤은 바로 내 턱 밑까지 차오른다

청소기를 돌리고
선인장에 물을 주고
나무의 방으로 간다

아침에 일어나 정수리 사진을 찍는 것도, 사실은
습관을 만드는 일

아직 완성되지 않은 습관을 연습하다 보면
자주 경련이 일고
유리컵의 물을 쉽게 흘린다

가시를 떼어내고 향기를 맡으면
장미 향이 조금 옅어지는 느낌이랄까

아니,
청소기를 돌리고
선인장에 물을 주고
나무가 없는 나무의 방에서
엎지른 물을 걸레질한다

그러니까 두꺼운 책을 한 권 다 읽은 뒤에, 그간 써 온
일기를 몽땅 태워 버리고 싶은 충동이랄까

깜빡 잠이 들었다가 일어났을 때
어디까지가 밤이고
어디부터가 마음인지
온몸이 쑤시고 조금 아팠던 것 같은 기분

아프지 않으면 안 될 것 같아서
오랫동안 그 검정 속을 들여다본다

십자가 뒤에서 나는
그날 밤 본 것들을 모두 털어놓았다
나의 분노는 쏙 빼고
마치 진지함이 문제인 것처럼
가볍고
가볍게,

수건을 반듯하게 접었다
차곡차곡 쌓았다

마음은 쉽게 흐트러진다

현기증

가끔씩 개가 줄을 끊고 집을 나가는 이유도 알 필요가 있다 어둠은 매번 똑같은 냄새가 나니까
코를 쿵쿵거리다 보면
미처 공을 멀리 차 보내지도 못했는데
저녁 먹으라고 부르는 아빠의 목소리가 운동장 끝에서 들려온다

시소는 오르락내리락,
한 번도 수평을 맞추고 서 있는 것을 나는 본 적이 없지만

높은 곳에 올라 뛰어내리며 소리를 질렀다
그야말로 순식간이었는데

순식간이 여러 번 반복되면서
떨어지고 또 떨어지면서 나는 결국 무엇인가 되어 있었다

엊그제 만든 달력에는 동그라미를 그리지 못했다 아
내는 나와 셈법이 달랐다

심장이 덜컹 떨어지면서,
떨어지고 또 떨어지면서 나는 결국 무엇인가 되어 있
었다

그것은 보라색이었다 누구의 심장이었을까
그때부터 등이 가려웠다

손을 뻗어 긁을 때만 잠깐 나타나는 등이 있다고 생
각했다
가끔 있다가 없고, 없다가도 있는 것이 있으니까

다리를 건널 때에는 늘 가운데 서서 흘러가는 물살
을 내려다보았다
있다가 없고, 없다가도 있는 얼굴들이 나타났다 사라
졌다

물이 흘러가는 모양을 오랫동안 보고 있으면 잠깐 어지럽다

왜 사람들은 다리를 건너다 말고 흐르는 개울을 바라보고 있었을까

저녁이 빠르게 어두워지고 있었다

생각보다 쉬운 이별

주워 온 조개껍데기를 선물했다
뭐라도 사과해야 할 것 같은 날씨였다

당신과 눈을 맞추지 못해서 미안합니다.

아무것도 하지 않아서
아무 말도 하지 못하고
결국 아무것도 되지 못한 채

망치로 바람을 두드린다
바닷가 쪽에서 불어오는 바람이 점점 뾰족해진다

따가운 파도 소리와 절벽,
나는 왜 석탄처럼 울었을까

아무 말도 하지 못하고 꾹꾹 눌러 담았을까
  여행용 트렁크의 틀어진 지퍼 사이로 축 늘어진 귀가
삐져나왔다

귀를 구겨 넣다가
귀에 대고 비명을 지르다가

가방이 없는 사람은 어디에도 숨을 곳이 없어
기분에 따라 시시각각 모자만 바꾼다

노크는 두 번이면 충분했고
수도꼭지는 꼭 잠가야 한다

열었으면 닫고
다 쓴 물건은 뚜껑을 닫아 제자리에

똑똑 떨어지는 물방울이
이별의 빌미가 될 줄이야

귀를 뜯어 먹고 나는 비명을 지르네 비명은 목젖이
아니라 고막이 취미

뿌리를 내린 귀는 쫑긋하다

조용히 엿듣는 마음으로
뭐라도 사과해야 할 것 같은 오후였다

나의 폐

길목마다 당신의 숨을 기억하는 어두운 모퉁이

어두운 숲에서 자고 있는 나의 폐를 생각한다
숲이 일렁일 때마다 잠에서 깨어나는 거친 숨을 생각
한다

계단을 오르다 마주친 아래층 아이와
계단에 세워 둔 어린이 자전거를 번갈아 쳐다보았다

나의 검은 얼굴과
내가 들고 있는 검은 봉지를 번갈아 바라보는 아이의
눈빛은 솔직하다

계단은 건물의 내부를 타고 오른다
규칙적으로 접었다 펴는 방식이
계단의 유일한 질서

계단을 오르는 내내

당신 앞에 앉아 질서를 지키고 있는
나의 무릎을 생각한다

이편에서
저편으로
틈을 비집고 빠져나가는 당신의 숨

숨을 쉴 때마다 말라 가는 얼굴,
나를 뱉어내는 재채기

몰래 빠져나가는 당신의 숨처럼

아무도 보지 않는 곳에서
몰래 사라질 수 있을까

쉽게 깨지는 물건

집으로 돌아가는 길에는
바람에 대해서만 생각하기로 했다

보이지 않는 몸
바람의 방향을 마주한다

땀이 많은 소년은 콜라를 꺼내다 말고 냉장고 안에
머리를 집어넣었다
냉장고는 얼지 않고, 신경질적으로 머리를 흔들다 부
서지는 두통
더위는 깨지기 쉬운 품목이다

화자가 없는 곳에서
바람은 태어나고,

손목 위로 구름이 흘러간다
여름 내내 긴팔 티셔츠만 고집했고, 겨울이 오기 전까
지 거울 속에서 나오지 않았다

거울은 쉽게 깨지는 물건

  목격자가 없는 초원에서
  바람은 사라진다

물고기는 물속에서 살다가 물속에서 죽는다 삶이 무
덤이 되는 것들도 죽을힘을 다해서 살까
  물은 쉽게 깨지지 않지만

  바람은 내 앞까지만 불다가 갈라지고
  내 몸은 바람을 가르는
  갈림길이 된다.

국어사전

머윗잎을 뜯어 먹다가
뒤를 돌아보았다

버짐 핀 얼굴로, 달빛 아래서
하얀 보철을 드러내 놓고 울고 있었지

우리의 마가린 혹은 가가린
점점 가까이 또는 멀리

사전은 꼭 한쪽으로만 넘어가다가
삶을 닫는다

마가린 혹은 가가린
그리고 나프탈렌

그리하여
네덜란드

밤새 스무 개의 꽃이 피고,
스무 개의 꽃이 졌다

4부

깊이 숨겨 놓고
가끔씩 꺼내 읽는 파도

사유지

1
지나가는 트럭을 끝까지 쳐다본다

남겨진 것은 뒤통수가 되고 뒤에서 만나는 얼굴은 모두 둥글다

아침에 눈을 뜨면 손가락을 풀기 위해 피아노를 연주한다
사과는 한 조각만 먹고
박진감 넘치는 리듬으로 다이빙 보드 위에서 높이 뛰어올랐다가
잠깐 정지,

뒤에 놓인 것들의 그림자는 차갑고 길다
바깥으로만 날아가는 비둘기

가로수를 눈금처럼 읽으며 바람이 분다

멀어지는 트럭을 끝까지 쳐다보았다

2
낮은 담장 너머로 본 적이 있는 적도

전광판 속에는 불이 들어오지 않은 입자들이 구멍
난 표정을 만든다

하늘은 붉은 적도 위로 높이 떠 있다

바다는 무엇이든 받아 주는 일에 익숙해 깊이 숨겨
놓고 가끔씩 꺼내 읽는 파도
오래 들여다볼수록 바다는 깊어진다

구름의 속도로, 둥근 마음은 한참 뒤에 남겨진다

크레인 밑에서 읽는 시집은 너무 높거나 아찔해서 구
석으로 후진하는 벨 소리

주말에는 크레인 밑에서 시를 쓰기로 했다

3

딱딱한 아스팔트는 어떤 마음일까

하얀 종아리는 가드레일을 따라 걷고 구두는 뒷굽이
다 닳았다

도대체 어떤 마음일까 뒷굽이 다 닳은 구두는

열두 시가 되려면 아직 멀었고

교회 종은 울리지 않는다

나뭇가지 사이로

깨진 유리 조각들이 공중에서 반짝인다

떨어지는 잎의 뒷면에서 잠깐씩 지난 시간들이 나타
났다 사라진다

나무는 걷지 못한다

발자국이 없어서 용의자가 되지 못한다

언제나 목격자로 살아야 하는
아직 일어나지 않은 사건

4
어제는 하루 종일 선물하는 것을 연습했고
오늘은 눈을 맞추고 당신의 마음을 상상하는 시간이
필요하고

미안한 기분이 들 때만 눈앞에 나타나는 철근과 콘크
리트
동일한 통사 구조의 연필과 종이, 시 쓰는 나와 아무
것도 하지 않는 나
나만 보고 있는 나와 나를 외면하고 있는 나

지나가는 트럭을 끝까지 쳐다보았다

말이 끊이지 않는구나, 너는

어디까지 가 봤다고?

그래, 그곳은 너의 발자국으로 유적지가 되는 중이다

트럭이 사라진 방향을 계속해서 쳐다본다 우산 밑으
로 보이는 앞서가는 일행의 보폭

사물을 벗어나는 그림자는 점점 길어지고 가로등 밑
에서 나는 계속해서 반박당하고

5

검은 구름처럼 아무 데나 쏟아지는 커피를 나누어
마셨다

어떤 명령들이 있었지만

명령을 한 사람도 명령을 전달받은 사람도 끝내 나타
나지 않고,

망령만 떠도는 거리

버스 정류장은 텅 비어 있다

버스가 들어와 머물다 떠나도 채워진 적이 없는 텅 빈 나무, 나뭇잎, 떨어지는 혓바닥

비탈에 서서 날카로운 얼굴을 떠올렸다가 용서하기를 반복한다
쇼윈도 안의 개는 여기저기 스크린을 옮겨 다니며 짖는다
목청만 숨어 있는 가능성의 개여

저 날 선 목청을 어떻게 구조할 수 있을까

이제 시는 그만 쓰자
나를 겨누고 있는 총구를 보면서 무슨 말을 할 수 있겠는가

지금은 질문보다 진술이 필요한 상황
구름은 나를 기다릴 수 있을까

6

콘센트가 벽에서 흘러나오고
나는 단정하게 무릎을 모은다

여자의 어깨 너머로 흰 벽은 너무 깨끗해
무엇보다 서로에게 하고 싶은 말이 많았으면 좋겠다

온몸에 두드러기가 올라온다
가려웠다
마구 긁었다
새로운 사람에게 적응하는 방식이 아닐까

전속력으로 구름을 잊고
눈 내리는 악보를 본다

예민한 사람들은 조금 더 쓸쓸하거나 구체적이다

거품처럼 부풀어 오르는 살갗을 피가 맺힐 때까지 긁

었다

피보다 더 구체적인 사건은 있을 수가 없다

제발 빈 벽에 함부로 술병을 던지지 않았으면 좋겠다

이 시간에는
슬픈 사람들이 없었으면 좋겠다고 생각했다

7

이제 와서 하는 고백이지만 그때 그녀의 샤프를 훔친
것은 내가 아니었다
야간 자습이 끝나고 그녀의 자리에 잠깐 앉았다 잠
이 들었을 뿐,

덩치가 큰 짐승의 맥박이 태연하게 뛰고 있는 것처럼
잠깐 동안 공룡의 심장이 되는 꿈을 꾸고 있었다

8

바람 빠진 바퀴들,
계단만 있으면 언제든 지하로 내려가 서로의 무의식
을 관람한다

관목 숲은 단정했다 이빨을 하얗게 드러내 놓고 나는
누구에게나 적이 된다

나의 마음이, 나의 어두운 그림자가 너를 향해 흘러
갈 때, 우리의 그림자는 커진다

손을 잡으면 그림자는 단일폐곡선이 된다 손을 잡으
면 내 몸은 단일폐곡선 안에 갇힌다

언덕 위의 십자가를 끝까지 쳐다보았다

성녀들은 긴 손톱으로 회벽을 긁고 비늘 없는 민물
생선들이 햇볕 아래에서 파닥거린다 지키고 싶은 것이
있을 때 사람들은 두리번거린다 머뭇거리는 발자국 위

로 발자국이 쌓인다 기도와 종소리 사이 거뭇거뭇한 수염으로 몰려다니는 학생들 웅덩이를 피해서 점프했다 손목에서 우산이 자란다 노래방은 지하에 있었다 지나가는 사람들의 얼굴은 하나같이 모르는 얼굴이다 처음보는 무늬의 표정, 십자가 밑에서 손을 잡을 때만 한 번씩 빛을 내고 꺼지는 촛불 나는 벽돌처럼 올라간다 한 장씩 한 장씩 후미진 공중을 향해서, 반사경 속에서 유독 배가 나온다 상대를 정하지 못한 고백들의 세계, 바람은 낮은 계단에 앉아서 두리번거린다

　　학교에서 돌아오면 구름의 위치가 바뀌었고
　　학교에서 돌아오면 구름은 아직 어제를 벗어나지 못했고
　　학교에서 돌아오면 이제 막 벗어난 겨울을 앞에 두고, 구름은 형태를 바꾸고

　　우리는 모두 착한 사람들이었지만
　　아무도 이 땅을 벗어나지 못하고 죽었다

파란 대문

1

대문 밖은 한밤중이다
깊은 목구멍 같다
명치 부근에서 개가 짖는다

수요일부터 줄곧 자전거 페달은 헛돌았다 방에는 머윗대를 다듬고 일어나지 못하는 구부정한 뒷모습이 있다 뒤돌아 앉아서 나물만 다듬는 웅크린 어깨, 장판 위로 검은 얼룩이 점점 길어진다 마당에서 놀다가 나는 아직 태어나지 않았지, 하는 생각에 다시 그늘 속으로 들어간다 항아리 속에서 항아리와 함께 배를 부풀리는 그림자,

2

파란 대문을 걷어차면 개가 짖는다 파란이 번지거나 대문이 열리지 않고, 개가…… 이집 저집 개가 순서대로 다리 밑에 묶인다 나는 언제쯤 태어나기로 한 것일까 기다리는 곳마다 개가 묶여 있다 묶여 있는 개는 짖지 않

는다

　휴가 나온 삼촌은 급류에 어항을 묻어 놓고 복귀했
다 반짝이는 비늘들이 둥둥 떠다녔다 나는 비탈에 올
라 둥글게 생긴 것들을 멀리까지 굴려 보냈다 풀어 헤친
머리칼이 배수구 주위를 맴돌다 사라졌다 가장 멀리 굴
러간 것은 엄마의 배였나 나도 함께 따라 굴렀다

　나는 아직 태어나지 않았지만
　라일락의 향기쯤은 이미 알고 있었다

　3
　댓돌 위에 발목을 잘라 두고 마루에 올라섰다 대청
은 항상 빨갛게 물들어 있다 라일락 꽃향기가 마당에
가득한 생일, 엄마는 손끝이 시렸다 손바닥 위에 흰 가
루를 올려놓고 훅, 불었다 촛불 부근에서 반짝이며 사
라졌다 나에게 생일을 주고…… 언니, 뭐 해? 잘 지내지?
자고 일어나면 누군가 끌고 갔던 자전거가 대문 밖에서

헛돌고 있는 저녁 손가락 끝에 촛농을 떨어뜨렸다가 잠깐 참는 놀이는 혼자서도 할 수 있었다 태어나길 기다리며 혼자서 견디는 놀이

새벽마다 엄마는 수돗가에서 요강을 비웠다 거품이 나지 않는 손을 자꾸 비볐다
아직 태어나지 않은 살의 냄새가 진동했다

4
택시에 손목을 두고 내렸다 대문 안쪽에 열쇠를 두고 문을 잠갔다
엄마 손을 놓치는 꿈을 꾸었다

인터뷰

나는 어떤 혐의도 없습니다

반도에서 태어났으니 제국주의자일 리는 없겠지만
장담할 수는 없습니다 가끔 주먹을 불끈 쥘 때도 있는
데 내가 주먹 쥐는 것을 본 사람이 아직은 없습니다 여
자가 되어 본 적도 없고 나무가 되어 본 적은 더더욱 없
습니다 그러니 개나 고양이의 사랑법에 대해서 알 리가
있겠습니까 고백이 거절당할 때마다 '왜 나의 진정성을
몰라주냐'며 제발 나의 내면에 귀를 기울여 달라고 자
주 말했던 기억은 있습니다

내면,
그런 게 있다고?

나도 나에게 내면이라는 것이 있는지 궁금했습니다
만약 있다면, 그것이 어디에 있는지
여기저기에 귀를 기울여 보는데 도통 아무 소리도 들
리지 않았습니다

할퀼 수 없는 변기, 아니면
흔들리는 촛불 속에 있는지
차가운 유리창에 있는지

입김이 서릴 때까지 차가운 유리에 귀를 대고 있으면
가끔 어떤 소리가 들리는 것 같기도 했습니다
그게 나의 내면일까
유리에게서 두꺼운 깊이를 발견했을 때 이미 우리의
내면은 와장창 내려앉았습니다, 그에 비하면

레닌과 마르크스는
너무 두껍습니다

굳이 주먹을 불끈 쥐지 않아도 심장은 두근거립니다
유리보다 쉽게 부서지는 주먹과 머리로,

아직도 시를 쓰는 사람이 있었군요

면접관은 미국 유학파 출신이었습니다 나는 성실하
게 답변하지 못한 것이 못내 아쉬웠습니다

　　아직 애가 없어서 그런 거라며 어깨를 다독여 주던
늙은 여교수가 너무나 고마웠습니다

갑자기 찾아오는 느낌

거실에 불이 켜져 있다 방금 전까지 누군가 오래 머문 흔적이 남아 있다 거두어 가지 못한 열기 위로 조용히 쌓이는 꿈 열려 있는 베란다 창문으로 영혼처럼 흰 커튼이 난간 너머로 나부낀다 창밖은 어두운 곳이다 선풍기는 계속 돌고 탁자 위에 쌓여 있던 서류들이 바람에 날린다 산 밑을 지나고 있는 사람들은 목책을 넘어 구름 위로 정확하게 착지했다 구름은 안과 밖이 모두 구름이어서 어디에 뛰어내려도 구름 위를 둥둥 떠다니는 기분, 이 불안을 어떻게 숨겨야 할까 배관공은 부르지도 않았는데 현관을 열고 거실에서 기다린다 구름에 이르는 긴 파이프를 조이며 조금씩 불안을 흘려보내고 있다 폭우와 폭설은 모두 구름 바깥쪽의 일, 날파리는 입 안을 들락거리다 삼켜졌고 유람선은 물살을 거슬러 움직이면서도 흔적을 남기지 않았다 여긴 꼭 부다페스트 같구나 다리를 건널 때마다 새로운 애인이 생겼다

러시아 소설 같은 밤

　송판에 검게 칠한 타르 같은 밤 질퍽한 웅덩이에 기름
이 뜨는
　온통 러시아 소설 같은 밤

　페치카 위에서 펄펄 끓는 사모바르 만국의 노동자는
아직도 단결하지 못하고 있다 누렇게 달아오른 장판 위
에 배를 깔고 겨우내 죄와 벌을 읽는다 가끔 북쪽으로
고도를 낮추며 비행기가 지나간다 지상으로 퍼덕이는
거대한 날개의 그림자를 본 사람들은 저녁의 귀가를 잊
곤 한다 매일 밤이 거대한 날갯짓이라 생각하며 어둠 속
에서 날아오르는 꿈을 꾼다

　우리는 둥근 무릎을 사랑하는 소년단,
　엄마 말을 듣지 않기로 맹세한 후 변두리 차고지에서
욕을 배웠다 클립을 풀었다가 다시 구부리며 놀았다 저
녁을 먹다가 밥상을 뒤엎고 분에 못 이겨 젓가락을 콘
센트에 꽂았다
　몇 차례 깜빡거리다 그대로 밤이 되는 하늘

검은 얼굴 위에 붉은 입술만 움찔거린다 시소를 타고 높이 올라갔다가 뚝, 떨어졌다 신발을 구겨 신고 운동장을 가로질러 하교했다 긴꼬리원숭이들이 긴 그림자로 달라붙었다 양장점 마네킹이 입술을 삐쭉 내밀고 멍멍 짖었다

나는 왜 이렇게 외로울까? 저녁에는 롤러스케이트를 신고 뚝방을 달려야지
검은 우산이 비를 막아 주었다, 나는 왜 이렇게 손끝이 시릴까?

칠이 벗겨진 대문처럼 내 얼굴에는 푸른 녹이 슬었다 열렸다 닫히며 아무나 드나들었다 공설운동장에는 애드벌룬이 높이 떠올랐다 저녁을 먹고 소독차를 따라 달렸다 여기저기 침을 뱉고 깡통을 발로 찼고 노란 오줌을 갈겼다 지나가는 사람들을 보고 개처럼 짖었다 귀가 시간은 점점 늦어지고 엄마는 바람 빠진 얼굴로 나를 기다리고 있었다

공정한 마음

공정한 위로와
공정한 슬픔
......
공정한 오르가슴

거친 숨소리는 딱 두 번까지만
똑같이 절정에 도달해야 끝나는 게임

아무도 사랑받는 이가 없으니 오히려 공평한 거 아니
겠어
    아무도 느낀 사람이 없다잖아
    논쟁은 늘 본질로부터 멀리 있는데 온기는 어디에 처
박혀 있는 거야

더 이상 참을 수 없어 지긋지긋하다는 말에
일 층에는 화장실이 없으니
건물 뒤로 나가 해결하라는
식당 주인의 돌직구

커튼 뒤에서 점점 커지는 그림자를 나는 건물 뒤 후
미진 공터에서 올려다본 것이다

너나 나나 모두
들켜 버린 사람

세상 끝으로 가면
바람에 날리는 커튼이 있어
열려진 창밖으로
구름처럼 울고 있는 협곡이 있어

창가에서
어두운 그림자로 내다보는 얼룩이
건물의 속 깊은 생각처럼 들썩거린다

남몰래 흐느끼는 버릇은 건물의 것
많이 운 건물이 금세 낡는다

외롭지 않게
더욱 외롭게

집으로 가는 동안만이라도
어깨동무를 하고 갈까
무표정한 얼굴을 하고 함께 걸을까

······

누구도 사랑하지 않아도
아무런 문제가 되지 않는
공정한 마음을 위하여

다행스러운 결론

신부가 되고 싶은 적이 있었다 성당 뒤편 사제관의 미국인 신부는 우리들에게 영어를 가르쳐 주었다 나는 진돗개가 좋았지만 사제관에는 셰퍼드가 목줄도 없이 마당을 차지하고 있었다 두려움은 믿음이 약한 자들의 것이었기에 나는 눈을 질끈 감고 셰퍼드의 목덜미를 쓸어내리곤 했다 그렇게 하기까지 나는 셰퍼드를 만질 수 있는 용기를 달라고 수없이 기도했다 어쩌면 내가 신부가 되고 싶었던 이유는 미국에서 온 셰퍼드를 길들이기 위해서였는지 모른다 산 밑 저수지에서 친구 몇이 빠져 죽었다 얼음이 깨지면서 저수지는 사나워졌다 얼음 밑으로 그들의 얼굴을 보았다는 친구는 며칠 동안 성당에 나오지 않았다 누구도 날뛰는 저수지를 길들이지 못했다 소문은 빠르게 퍼졌다 연애를 시작한 형과 누나 들은 더 이상 기도하지 않았다 나는 그들이 부러웠지만 나에게 그럴 만한 용기가 없는 것이 다행이라 생각했다

돌멩이

스스로를 완결 짓는 사물

속이 그대로,
겉으로 드러나고 있는 돌멩이를 사랑했다

돌멩이 아닌 것은 아무것도 없는 돌멩이를
어디로든 자기 몸을 그대로 던져 버릴 수 있는 돌멩이
를 사랑했다

가장 단순한 양식을 최후의 형태로 선택한 돌멩이로
부터 우리의 물렁한 감정은 진화해 왔다
그리하여 나의 근육이 그대로 돌멩이가 되어 날아가
는 동안
나는 연애도 할 수 있고
이별도 할 수 있다

돌멩이 속에 고여 있는 단단한 마음처럼
푸른 바닷물 속*으로 오래도록 가라앉고 있었다

돌멩이 같은 눈물이

뚝,

뚝,

떨어졌다

*이성복의 「남해 금산」 중에서.

목련꽃이 별처럼 부서져 내리는 밤이었다

기숙사 창문은 닫혀 있었고 그 안쪽은 어두웠다

별은 목련처럼 부서져 내리지 않았다

친구는 가까운 데 없었다 댐이 있는 고장에서 수문을 열고 어두운 그림자를 흘려보내기 시작했다
터널은 환했다 누군가의 속을 휘저어 놓고 나는 돌아서서 울곤 했다 그렇게 하고 나면 속이 후련했다
돌이킬 수 없는 사건에 대해 머리를 쥐어뜯고 있을 때 거리의 목련은 만개하고 말았다

냉장고는 떠내려가고 나무는 물살을 따라 가지를 구부리고,
휘발유를 하천에 쏟아부으며 하류에서 큰불이 일기를 꿈꾸었다

광장은 펄펄 끓었지만 넘치지 않았다
머릿속은 온통 더럽고 지저분한 생각들로 가득했다

사람들은 달빛 아래 머리를 두고 잠이 들었고
아침이면 떨어진 꽃잎처럼 도로 위로 번지고 있었다

삔이 그랬다

1.

방문을 걸어 잠그고 아이들이 태어난다 오늘의 출생은 계획에 없었다 아이들은 무럭무럭 자라서 고아가 된다 사랑과 이별에도 무기력한 나이가 된다 보고 싶은 사람들은 모두 죽은 사람들이지만 꽂은 꽃밭에 대한 기억만으로 만개하지 않는다고 삔이 내게 그랬다

우리는 서로에게 적이 되기 전까지만 사랑을 한다 조금 더 멀리까지 사랑하는 일은 달빛 아래에서만 가능한 일 호수 위로 밤이 새하얗게 녹아내리고 있었다 양털을 깎는 마을에서 울타리를 뛰어넘는 개를 따라가라고 삔이 내게 일러 주었다 그곳에서 마을의 흑인들과 함께 목욕을 했다 내 어깨가 검게 변해 있었다 여럿이 함께 저녁을 먹었고 스테이크를 썰다가 행복하게 웃었다 호수에는 빙하가 둥둥 떠내려온다 관광객들은 녹지 않는 계단을 걸어서 여름으로 내려간다 여름은 춥지 않았다 딱딱하거나 뾰족하지도 않았다 누구도 우리에게 바람을 가져다주지 않았지만 침대에 누워 겨울을 기다리는 시

간이 양털처럼 따뜻한 꿈을 꾸었다 관광객들은 호수를 뒤로하고 사진을 찍는다 까르르르 찰칵, 까르르르 찰칵, 스테이크에서 피가 뚝뚝 떨어졌지만 살은 연하고 부드러웠다

얼굴 위로 어두운 저녁이 내려온다면, 나의 이마가 칠흑 같은 밤이라면, 너는 어떤 꿈을 꿀 수 있을까 밤에는 딱 한 번씩만 만나는 꿈이 있다 삔이 그랬던 것처럼 호수는 오늘 처음 배운 단어 호수가 깊고 거대할수록 지구의 내면은 깊다 우리는 모두 깊은 깊이를 품고 있는 호수만큼의 사랑을 지닌다 둘레는 호수의 중요한 속성이 아니라고 삔이 그랬으니까

2.
벽에 걸린 초상을 오래 보고 있으면 낯선 얼굴이 액자 밖으로 튀어나온다 검은 우산을 쓰고 웅덩이를 건너 뛰는 검은 모자 엘리베이터 카메라 저편에서 누군가 나와 눈을 맞추고 있을 거라는 믿음으로 오늘 하루만 더

외로움을 참고 견디기

    방문을 잠그고 문밖에서 무슨 일이 벌어지고 있을까 궁금해하는 사이 오후는 지나간다 방 밖에서 문을 두드리는 주먹들은 모두 나의 것 긴 복도처럼 울고 있는 목소리를 아무도 모르게 지나가야지 아직 돌려받지 못한 책과 키스가 있으니까

    어제는 욕을 하다가 말을 더듬고 말았다 마침 생각나는 단어가 딱풀이었는데 나는 그만 스테이플러라고 말해 버렸다 문 앞에 조용히 빵과 우유를 내려놓고 노크한 것뿐이었는데……, 연습한 대로 욕을 하다가 호수 같은 눈동자를 보고 만 것이다

    3.
    우리는 오랫동안 서로의 눈을 들여다보았다
    하품을 하는 동안
    벌어진 입의 수심을 상상하기도 했다

깊고 투명한 수면 위로 어두운 기억이 날아오를 때까
지……,

나를 빠져나간 따사로운 한때……,

나무 밑에 묻힌 아이들이
가지 끝에 싹을 틔우고
나무를 빠져나가는

구름의 무늬를 그려 보는 수밖에
그것이 꼭 당신의 어두운 기억 같을까

다행히 내가 나무에게 처음 사 준 선물은 삔이었다
혓바닥 위에서 짠, 하고
긴급하게 출현하는 삔
적어도 내겐

삔이 그랬다

버섯수프를 대접받고 까닭 없이 기분이 좋아진 연출가의 마지막 무대

아직도 벽이 되지 못한 영혼,

창문이 되는 것과 창문을 연기하는 것은 다르다 거짓말을 진짜처럼 연기하면 더 이상 거짓말이 아니듯

그림자의 독백을 읊조리면
한밤중이 되고
나무의 독백을 읊조리면
바람이나 햇살의 어제를 엿볼 수 있다

진짜 햇살을 연기할 때만
진짜 창문을 통과할 수 있어

눈에 보이지 않는 것을 연기하다 그만 혼자가 되어 버린 유리,
진짜 햇살처럼 등을 쭉 펴지 않으면
누구도 유리의 얼굴을 통과할 수 없지

책상에 앉아 오늘 읽을 책을 고르는 마음은
오늘의 날씨를 연습하는 중

창문을 앞에 두고 블라인드의 혼잣말을 읊조린다
함성 소리가 창문을 뒤흔든다

얇은 고막이 되어 바르르 떨다가,
아우성이 되었다가,
다시 찢어진 고막을 연기하는 순서로

오늘의 독서는 함성과 파국에 관한 것
유즈얼리와 썸타임즈 사이에서 더 간헐적으로 사랑
을 하고
저녁의 얼굴을 지우면서 이별을 하지

빗방울을 따라 창문으로 뛰어내릴 수는 있었겠지만
독백으로 거짓말을 할 수 있을까?
다행히 꽃들의 불화에 대해서는 내 방의 책들이 상세

하게 서술해 주었다

　마리는 자판을 두드리는 소리가 경박하다고 혼잣말
한 것뿐인데,
　나는 침실에서 발뒤꿈치를 들고 걸어 나왔지 뭐야,

　뒤꿈치를 들고 살금살금 빠져나갈 때 발끝이 바닥에
닿는 느낌은 꼭 어떤 소리 같기도 했다

　버섯수프를 대접받고
　까닭 없이 기분이 좋아진 연출가의 마지막 무대 위에서

　진짜 햇살이 되지 못하고,
　진짜 창문이 되지 못하고,

　결국에는
　마지막 무대를 망쳐 버리고

해파리

　손목시계를 벗어 두고 스테이플러 옆 탁상용 달력에
동그라미를 두 개 그려 놓고 출입 카드를 뒷주머니에 꽂
아 넣고 해파리를 한번 생각한다 간절하게 원하면 잠깐
눈에 보이는 것이 있다

　사물의 어깨 위에서 일렁이는,
　정오의 낯선 물체*

* 아피찻퐁의 영화 〈Mysterious Object at Noon〉.

Hello World!!!

우리 그만 만날까
다투지 않고도 마치 아무 일 없다는 듯이 헤어질 수
있다면 어떨까
그냥 조금씩 잊히는 사이

정신을 차려 보니 혼자서 걷고 있는 저녁이었다

파샤가 술을 끊고
제일 먼저 한 일은 방 청소였대
혁명이 깨끗한 방에서 시작된다는 말은 왠지 믿음이
가는 진술이야

그런 후에도 여전히 혼자였지만……,

혼자서도 인사는 잘하지
비록 아는 사람이 없어도
처음 만나는 저녁을 향해 가볍게 손을 흔들 수는 있
잖아

헬로 월드!

파샤는 술을 끊고 청소를 하고 책을 읽고
엄마를 사랑했지

불길한 징조지
그러니 우리도 헤어지는 게 어떨까
혁명에 방해가 되어서는 안 되잖아

나는 전단지를 인쇄하고
우리 엄마는 떡을 잘 썰어
담을 넘는 일이 그렇게 어려운 일도 아니고

여기선 누구나 담을 넘어
담을 넘어서 천천히 멀어지지

그래, 모든 혁명은 되는 일이 없어서 시작된 것이었다

매일 청소를 하고
방의 구조를 바꾸어도 ……

여전히 혼자서 걷고 있는 저녁

그렇게 친절할 필요는 없어요 그래도 간단한 목례 정
도는 받아 주겠지

헬로 월드!

푸른 나무가 되어라!
닿을 수 없는 높이에서 별이 되어라!

얍!!!

그리고
절대 금을 밟지 않을 것
빛나지 않을 것

내가 말하고 싶은 명령들이 여기저기에 있다

그러니 우리
새로운 말을 하나씩 배우면서
천천히 헤어지는 것이 어떨까?

겹쳐 쓴 고백

남승원(문학평론가)

고백의 윤리

정은기 시인의 첫 시집을 오랫동안 기다려 왔다는 고백으로 이 글을 시작해야겠습니다. 그의 등단작 「차창 밖, 풍경의 빈곳」을 떠올려 보면 기다림은 더 간절해지곤 했습니다. 기억을 더듬어 보자면 그는 등단작에서 목적지를 향하는 기차의 궤적이 남기고 가는 이미지들, 그래서 오히려 기차를 타고 있는 대부분의 사람들에게는 그다지 관심을 끌지 못하고 지나가 버리는 것들을 아름답게 포착해내고 있었습니다. 하지만 작품의 화자 역시 그 기차에 몸을 싣고 있는 사람이었기에, 작품을 통해 애써 그려낸 이미지들은 그가 원하든 또는 그렇지 않든 거부할 수 없는 기차의 속도 그대로 흘려보낼 수밖에 없는 상황에 처해 있었습니다. 말하자면 이 작품은 시시각각 변하는 현실을 향해 최선의 언어를 던져 보지만 어떤 것도 건져 올리지 못한 채 그저 같은 행위의 반복이 숙명적으로 주어졌음을 깨닫게 된 사람의 기록이라고 할 수 있습니다.

사라지는 것들을 향한 언어적 투신과 채울 수 없는

근원적 결핍에 대한 감각. 그가 보여 주었던 첫 기록을 요약해 보니 옥타비오 파스가 말했던 시인의 운명―근거 없는 결핍과 구원 없는 부재를 향한 깨달음―과 꽤 닮아 있다는 사실이 자연스럽게 드러납니다. 정은기의 등단작이 잊히지 않았던 이유가 여기에 있습니다. 그러니 이제 막 등장한 젊은 시인이 스스로 감당하고자 내디뎠던 운명의 발자국이 어디로 향하게 될지 사뭇 궁금하지 않을 수 없었던 것입니다.

그렇게 오랜 기다림 끝에 정은기 시인의 첫 시집 『우리는 적이 되기 전까지만 사랑을 한다』를 만나게 되었습니다. 무엇보다 제게 이 시집은 그간 시인으로 지내온 자신의 삶을 드러내는 내밀한 고백으로 받아들여졌습니다. 물론, 모든 시는 끝내 시인의 고백일 수밖에 없을지도 모르겠지만 말입니다.

마리는 중국어 발음이 좋았다 휴일에는 마리와 중국어로 대화한다 그 소리가 꼭 싸우는 소리 같아서 속마음을 감추기에 좋았다 주일에는 성당에 나가서 기도한다 거짓말과 죄책감이 번갈아 찾아왔다 벽장 속에 몸을 숨기고 어둠에 대고 고백했다 부러진 상패와 멈춘 손목시계, 이름을 부르지 않아도 천천히 눈에 들어오는 사물들이

어둠 속에 있었다 술래를 속이다 보면 나는 어느새 술래
가 되어 있었다 어딘가 한 군데쯤은 숨을 곳이 있어서 다
행이었다 내 탓이요, 내 탓이요, 내 큰 탓이로소이다 사실
나는 전력을 다해 가슴을 두드리지 않는다 술래는 나를
금세 발견했지만 우리 집에는 아직 다 감추지 못한 벽장
이 많았다 들켜 버리기를 기대하며 꼭꼭 숨었다 발각되
기를 바라면서 가슴을 두드렸다 그러므로 간절히 바라오
니……, 여전히 나는 전력을 다해 숨지 않는다 완전히 감
추지 못하는 마음이 아직 벽장 속에 남아 있었다

—「꼭꼭, 숨어라」 전문

시를 읽을 때 우리는 종종 시인의 개별적 목소리를
직접 듣고 있는 것처럼 여겨질 때가 있습니다. 시 장르의
본질적 특성과 일인칭 화자의 진술이 깊은 차원에서 결
부되어 있다는 점을 떠올려 본다면 아주 특별한 일은
아닐 것입니다. 이 작품 역시 '나'의 진술과 겹쳐져 있는
시인의 목소리에 금방 귀를 기울이게 되면서 아주 자연
스럽게 어떤 고백의 상황으로 받아들일 수 있습니다. 특
히 "내 탓이요"처럼 우리에게도 친숙한, 종교적 내면에
기반을 둔 진술은 시적 고백에 또 다른 차원에서 깊이
감을 부여하고 있기도 합니다.

그런데 작품을 다 읽고 나면 우리가 익히 알고 있는 고백과는 조금 다른 양상을 확인하게 됩니다. 보통 고백은 잘못이나 과오를 포함해서, 아니 어쩌면 그것을 목표로 해서 평소 감추어 왔던 자신의 속마음을 솔직하게 드러내는 것으로 알고 있습니다. 하지만 여기에서 시인은 오히려 고백을 거부하는 것처럼 보입니다. 다른 사람과 대화하면서도 그 목적이 "속마음을 감추기" 위해서라거나, "성당에 나가서 기도"를 하면서도 "전력을 다"하지 않고 있기 때문입니다. 심지어 그것을 위해서라면 자신이 가진 모국어를 벗어나 "중국어로 대화"하는 모습을 보여 주기도 합니다.

시적 공간을 눈여겨본다면 작품의 구조 역시 이와 연관되어 있다는 것을 알 수 있습니다. 작품에서 주요한 공간은 '성당'과 '집'으로 나타나고 있는데, 이 두 공간은 고백하지 못하고 남는 무엇인가를 안전하게 감추는 것이 가능한 '벽장'을 서로 공유하고 있는 교집합처럼 보입니다. 구조적으로 말해 보자면 '벽장' 안에 '성당'과 '집'이 겹쳐져 있는 셈입니다. 심지어 이 '벽장'의 존재는 성당에서, 그러니까 고백의 행위를 반드시 지켜야 할 규칙으로 정해 둔 공간 안에서도 끝내 모든 것을 고백하지 않고 비밀로 남겨 두는 것을 가능하도록 만

들어 주고 있습니다.「꼭꼭, 숨어라」는 제목에서 강조하고 있는 것처럼 진술 형태와 시적 구조 모두 결국 '고백할 수 없음'을 고백하는 일종의 역설로 만들어져 있는 작품입니다.

이 고백의 목격자가 될 수밖에 없는 독자들인 우리는 시인의 이 같은 '역설적 고백'을 어떻게 받아들여야 할까요. 고백의 본질에 대해서 오래전 푸코가 그것은 자신의 내면을 드러내는 단순한 행위로 이해할 수 없고, 하나의 제도이며 고백의 내용은 그저 사후적으로 결정되었을 뿐이라고 말했던 사실을 기억하고 있을 겁니다. 이에 덧붙여 역사적으로 보자면 고백의 기원은 '고해 성사'와 겹쳐져 있는데 가톨릭 역사 속에서 이 제도는 사실 13세기에나 와서야 아주 뒤늦게 확립되었습니다. 푸코의 지적대로 실제 종교적 고백 역시 신을 향한 자신의 믿음을 드러내기 위해 자연스럽게 시작된 것이 아니라, 일상 속으로 확대되어 가던 종교적 권위를 지속하기 위한 필요에 따라 만들어진 제도였던 것입니다. 조금만 더 생각을 확장해 보자면, 개인 내면의 탄생이 근대문학의 성립에 중요한 계기였다고 말한 가라타니 고진이 고백의 형식에 주목했던 것과 동일한 차원에 놓여 있다는 것을 알 수 있습니다.

요컨대 고백의 본질은 그 내용 여부에 달려 있는 것이 아니라 주체가 고백을 지속해 나가는 형식 그 자체입니다. 지금까지 「꼭꼭, 숨어라」에서 우리가 확인해 본 것은 이처럼 완료되지 못한 채 끝없이 고백을 지연시키는 구조라고 할 수 있습니다. 그렇다면 등단작에서부터 지금 이 작품을 통해 우리가 확인해 본 시인 특유의 '역설적 상황'은 곧 그가 시문학의 본질을 향한 탐구에 여전히 몰두하고 있음을 단적으로 보여 줍니다.

아스팔트 위에서 발을 동동 구르던 짐승의 이빨을 본 것이다
휠체어를 밀며 낮은 언덕을 올라가는 여자를 못 본 척 지나쳤다
예정에도 없던 얼굴이 불쑥 떠오르는 시간은 오전 10시 무렵
시궁창에서 얼굴이 떠오른다는 말은 거짓말이다

다 살아 보지 않아도
삶이 어떻게 끝날 것인지는 뻔했다

가지는 가지

피망은 피망

중요한 것은 마음이니까
서로의 최후를 끝까지 지켜봐 주기로 했다

카메라 앞에 앉아서 고백을 촬영했고 렌즈는 핥을수
록 통밀가루 과자 맛이 났다
누구의 맛일까
나 말고 또 누가 오늘 아침을 핥고 있을까

(중략)

앞으로 다시는 뜨거워지지 말 것, 그럴 필요도 없는 세
계에서
미리 뛰어나가 큰소리로 이름 부르지 말 것
어떤 형식도 없는 격려보다
조용한 마음이면 충분했다

어떤 사물의 그림자는
밟을 때마다 네 생각이 나지만
오늘 아침 나는

사물들의 그림자를 피해서 걷는다

박하사탕을 입에 물고
부끄러움이 다 녹을 때까지
너의 얘기만 들어 주기로 했다

—「오늘 아침 나는」 부분

　이제 '고백의 형식'에 담겨 있는 시인의 하루를 조금
더 구체적으로 살펴볼까 합니다. 반복해서 말하는 일이
되겠습니다만, 평범한 사람들의 일상은 고해 성사가 도
입된 이후 신을 믿는 사람들의 시간으로 변모되기 시작
했다는 사실을 다시 한 번 떠올려 보겠습니다. 무심히
흘려보내던 하루의 순간들은 곧 다가올 고해 성사의 시
간 아래서 재구성될 수밖에 없습니다. 따라서 정은기 시
인이 겪는 하루 역시 필연적으로 우리의 일상과는 다른
모습을 보여 줍니다.
　가령, "휠체어를 밀며 낮은 언덕을 올라가는" 사람을
마주쳤을 때를 보겠습니다. 우리 일상에서 그리 어렵지
않게 만나 볼 수 있을 만한 장면입니다. "낮은 언덕"이라
고 분명히 해 두고 있는 것처럼 사실상 타인의 도움이
적극적으로 필요한 상황은 아닌 듯해 보입니다. 하지만

이 평범한 상황은 다소 의외로 '나'에게 "못 본 척 지나쳤"음을 스스로 자책하게 만듭니다. 그 이유는 바로 가까운 미래에 찾아올 고백의 시간에서라면 이 상황은 재검토의 상황이 될 것이고, 자신의 도움이 필요 없다고 생각하며 스쳐 지나갔던 지금-현재의 판단은 잘못되었을지 모를 가능성이 높아지기 때문입니다. 길 위를 바쁘게 지나가는 사람들의 모습에서 그 뒤에 가려져 있던 "짐승의 이빨"을 발견하게 되는 것처럼, 고백이 예정된 미래의 시간 속에서 포착된 현재의 모습들은 모두 시인에게 결코 드러난 그대로일 수는 없게 됩니다.

작품의 시간적 배경이 아침인 것을 고려했을 때 가장 적당한 일은 오늘 하루 해야 할 일들에 대한 계획과 점검일 것입니다. 그런데 실제로는 "서로의 최후를 끝까지 지켜봐 주"어야 할 것에 대한 다짐을 하고 있는 것 역시 마찬가지입니다. 고백의 순간으로 수렴될 현재를 마주하고 있다면 미리 세워 둔 계획들 역시 무의미해질 것이며, 그렇다고 현실을 외면하거나 회피하지도 못한 채 오직 "끝까지" 마주할 수밖에 없기 때문입니다.

이와 같은 하루를 두고 마치 "카메라 앞에 앉아" 있는 것 같다고 표현한 것은 인상적입니다. 촬영을 통해 기록하는 일은 결과의 모든 실효성을 미래에 두고 있다는 점에서 우리가 지금 살펴보고 있는 '고백'과 그 성질상 유사성을 공유하고 있습니다. 그런데 여기에서 '나'는 왜 렌즈를 핥는 행위로 나아가고 있을까요. 먼저 '촬영'이 이루어지기 위해서 카메라-렌즈가 반드시 필요한 도구이자 매개라는 사실은 분명합니다. 하지만 그 촬영이 더 좋은 성과를 만들어내기 위해서라면 피사체가 이 카메라-렌즈를 의식하지 않아야 하는 것이 어쩌면 더 중요한 일이라고 생각합니다. 따라서 '나'가 '렌즈의 맛'을 분명하게 느낄 수 있을 정도로 굳이 렌즈를 핥는다는 것은 주어진 대본처럼 움직여야 하는 일상에서 빠져나오려는 적극적 인식의 결과로 보입니다. 촬영을 위해 카메라 앞에 있지만 촬영의 상황을 지연시키고 있는 것이지요. 그렇게 함으로써 '나'는 피사체의 역할에만 몰입하지 않으면서, 카메라 너머 또 다른 누군가가 그렇게 느끼고 있을 맛까지 공유해 보는 일을 가능하게 만들고 있습니다.

정은기가 보여 주는 하루하루의 일상은 이렇습니다. 무심코 내뱉었던 말들("솔직히 말해서/쟤 좀 별로지 않아")에 대한 반성을 넘어, "신발장 속 구두를 꺼"내고 생겨난 "빈자리"에서 느꼈던 감각("시궁창 냄새")이 그대로 자신의 신체 감각("혀에서 비린내")으로까지 확장해

갈 수 있도록 예민함을 벼려 나갑니다. 그렇게 하루의 끝에서 그는 "박하사탕을 입에 물고" 있는 것처럼 스스로의 감각을 차폐하면서 결국 "너의 얘기만 들어 주기로 했다"는 다짐에 이릅니다. 이와 함께 「건너편」도 나란히 두고 읽어 볼 수 있을 것 같습니다. 여기에서 시인은 "건너편에 있는 사람"에 대한 집요한 묘사를 통해 화자의 시점과 감각을 "건너편"으로 집중하고 있습니다. 주체의 특권적 자리를 말 그대로의 '건너편'으로 전환하고 있다는 점에서 같은 방향성을 공유하고 있습니다.

앞서 말했던 것처럼 고백의 형식은 글쓰기 자체를 향한 미학적 욕망을 발생시켰습니다. 그리고 주체의 고백으로서 문학은 현대의 독자들이 쉽게 동의하듯 '나'를 통해 타자와 소통의 대화가 이루어지는 한 통로가 되었습니다. 「오늘 아침 나는」을 통해 우리는 다시 한 번 이를 확인할 수 있었습니다. 그리고 정은기의 경우 한 걸음 더 나아가 '고백'이라는 주체의 행위 안으로 '너'의 영역을 끌어들이는 윤리적 행위로의 확장을 도모하고 있음 또한 알게 되었습니다. 그의 '고백'에 주목해야 하는 이유는 바로 이 때문입니다.

가능성과 뒤섞인 존재들

시집 『우리는 적이 되기 전까지만 사랑을 한다』에 드러나 있는 고백은 권위 있는 누군가의 최종 승인을 통해 종결되는 기존의 과정에서 벗어나고자 한다는 것을 알게 되었습니다. 정은기에게는 끊임없이 고백이 이어지는 것이 세상을 살아가는 방식이며, 시 쓰기를 통해 그것을 가능하게 만드는 형식과 구조를 만들기에 몰두하고 있는 것처럼 보입니다. 거듭되는 고백은, 그의 바람대로, 분리되어 왔던 화자와 청자의 오랜 장벽을 허물고, 타인에 대한 예민한 감각을 공유하는 지점으로 나아가게 되지 않을까요.

믹서기 속에서 토마토 하나가 분쇄되는 것은 순식간이다 눈앞에서 홀연히 사라지는 어떤 사물에 대해 생각하다가 빠르게 회전하는 모터의 원리 앞에서 주먹을 불끈 쥐었다 눈은 더 작은 눈이 되었고 발목은 더 얇은 발목이 되었다 코가 나누어져 입이 되는 일은 없었으나 우리는 나누어져 남남이 되었다 함께해도 남남, 남남남, 남남남남, ……

연속되는 혼자,

모두 혼자입니다

마술이 끝날 때까지 아이들은 마법사의 소매만 쳐다
본다 미분과 적분은 우리가 사랑을 나누는 방식 무한을
상상하는 동안 등 뒤로 손을 뻗는 당신의 기척을 눈치채
지 못해도 괜찮았다 아무리 코를 풀어도 얼굴은 뭉개지
지 않는다 아이들이 소매에 집중하고 있는 사이 마술사
는 입 속에서 끊임없이 만국기를 꺼낸다 벽장에 숨어 있
던 군중들이 광장으로 쏟아져 나왔다

낮잠을 자는 동안 레미콘이 읽어 주는 소설은 대개 이
런 것이다 회전하며 전진하는 사람들의 목소리가 머릿속
에서 뒤섞이고 있었다

—「혁명의 원리」 전문

판단 기준은 저마다 서로 다르지만, 더 나은 미래를
위해서라면 지금의 현실에 어떤 변화가 필요하다는 목
소리는 대부분 일치합니다. 결국 누구에 의한 어떤 변화
일 것인가가 문제이겠지요. 현대의 철학적 사유는 그 변
화의 주체 설정에 대해 많은 고민을 해 왔습니다. 자본
주의의 확대와 발전이 노동(자)의 형태를 손에 잡히지

않을 정도로 미세하게 분화시키는 지금의 현실에서 '노동'과 같이 단일한 가치를 중심으로 한 계급론으로는 더 이상 변화를 이끌어낼 수 없다는 공감대가 그 배경에 있음은 물론입니다. 이런 차원에서 '단일성으로 환원되지 않으면서도 복수성과 개별성 그대로의 주체'라는 개념에는 선뜻 동의할 수 있지만, 그 구체성은 현실에서 강렬하게 나타났다가도 금세 형체도 없이 사라져 버리곤 한다는 문제가 있습니다. 따라서 앞서 말해 본 '새로운 주체'를 두고 우리가 지금 해야 할 일은 현실을 염두에 두되, 끊임없이 상상력을 발휘해 보는 것이라고 단언하고 싶습니다.

이 작품에서 확인할 수 있는 정은기의 상상력은 이와 깊이 연관되어 있습니다. 먼저 "연속되는 혼자,/모두 혼자입니다"라는 판단이나 "회전하며 전진하는 사람들의 목소리"를 말하고 있는 부분은 작품에서 따로 떼어 놓고 읽어도 아름답게 느껴집니다. 사회적 변화와의 접면을 확대하려는 시적 상상력이 개성적으로 드러나 있기 때문입니다. 여기에 이르는 시적 과정 역시 흥미롭습니다. "믹서기 속에서 토마토 하나가 분쇄되는" 것을 물끄러미 바라보던 시인은 먼저 "사라지는 어떤 사물"의 속절없음에 대해 생각하다가 이내 "주먹을 불끈 쥐"게 됩니다. 수없이 많은 조각으로 잘게 부서져 버리고 있는 대상은 그저 사라져 버리는 것이 아니라 "남남, 남남남, 남남남남, ……"으로 강조하고 있듯 무한대의 복수 주체로 거듭거듭 되살아나고 있기 때문입니다. 시인이 힘을 주어 강조하는 것은 바로 이 지점입니다. "모두 혼자"인 것처럼 보이지만 자세히 들여다본다면 결국 "연속되는 혼자"라는 판단 역시 바로 여기에서 비롯된 것입니다.

이는 "레미콘"을 통해서 다시 한 번 반복됩니다. 알고 있는 것처럼, '레미콘'은 시멘트에 골재들을 미리 섞어서 ready-mixed concrete 굳지 않게 운반하는 차량을 부르는 말입니다. 이는 작품의 처음에 등장한 '믹서기'와 은유적 차원에서 동일한 형상과 의미로 사용되고 있습니다. 그렇게 레미콘 속에 뒤섞여 있는 내용물들은, 앞서 믹서기 속의 토마토가 그랬던 것처럼, 시인의 상상력 속에서 사회적 분출을 앞두고 "회전하며 전진하는 사람들의 목소리"로 변화되고 있는 것입니다. 정은기는 제목을 통해 자신의 상상력에 대해 '혁명의 원리'라고 분명하게 명명하고 있습니다.

혁명은 한때의 이상일 뿐이라고, 현실에서의 혁명은 더 이상 불가능하다고 지적할 수도 있겠습니다. 하지만 혁명이 시인의 말을 따라 아주 단순하게 "깨끗한 방에서 시작"될 수 있다거나, 또는 그와 반대로 "매일 청소를 하고/방의 구조를 바꾸어도" 그저 "되는 일이 없어서 시작"(「Hello World!!!」)되는 일상적 범주와 만날 수는 없을까요. 그의 상상력에 참여한다면 우리는 현실 변혁의 힘을 가진 채로 '이미 뒤섞여 있는ready-mixed' 가능성의 존재들입니다.

문학은 항상 이렇게 찾아오는 거 같아 표정과 목소리가 일치하지 않습니다 이런 부조화에 대해서 해명할 수 있는 방법이 아직은 없어요 미술관에 가서 새로운 표현 방법이 없는지 살펴보기도 했지만 허사였습니다 도대체 나이가 어떻게 됩니까? 요즘은 출신이라는 말도 잘 안 쓰는데 저에게는 죄책감이 큰 말이거든요 시인이 뭐 대단하다고 그렇게 자랑을·하고 다니는지 모르겠어요 우리 아빠 말입니다 도대체 이제 막 완성된 문장은 지금까지 어디에 있었던 것일까요? 지금 한방에서 몇 사람이 떠들고 있는지 알고 있습니까? 시라는 것은 엄밀한 의미에서 하나의 공간입니다 귀를 기울여 보세요 당신의 시력 속에 수평선을 그어 보세요 그리고 차례가 되면 말해야 합니다

엄마는 부라자라고 말했지만 나는 어린 나이에도 그

것이 촌스러운 발음이라 생각했다

　피자와 핏자는 단순히 발음의 문제가 아니라 용기의
문제

　용기를 가지고 더 당당하게 목소리를 변조할 것!
이제야 비로소
이렇게 끝을 시작하게 되는구나

　　　—「오전의 아이는 한밤중에 문장이 되고」부분

　시인으로서 살아가고 있는 삶의 모습과 시를 쓰는 스
스로의 내면이 드러난 이 작품에서 시적 상상력의 가능
성에 대한 시인의 믿음을 엿볼 수 있습니다. 작품의 처음
부터 시인은 자신에게 "없는 것에 대해 생각"합니다. 하지
만 '나'가 무엇을 갖지 못했다고 하더라도 그와 무관하게
세상은 자신만의 이치대로 흘러가는 것은 어찌 보면 당
연한 일입니다. 일상에서라면 후회나 원망이 자리할 수
도 있는 이 "부조화" 속에서 정은기의 시는 태어납니다.
　작품을 관통하는 "시라는 것은 엄밀한 의미에서 하
나의 공간"이라는 구절 역시 이와 연관시켜 생각해 볼
수 있습니다. 공간은 시간과 더불어 오래전부터 인간 경
험의 본질을 구성하는 근본적인 두 축이었습니다. 그런

데 시간은 인간이 물리적으로 만들어낼 수 없는 것인 반면, 공간은 그와 다르게 인간의 구체적 활동과 결부되어 자유롭게 변형이 가능하거나 또는 새롭게 만들어질 수도 있습니다. 따라서 시시각각 변화하는 '공간'을 두고 시와 닮아 있다는 판단은 그가 공간을 구성하는 서로 다른 힘들에 "귀를 기울"이고 있으며, 구성 요소들 간의 '부조화' 그러니까 "표정과 목소리가 일치하지 않"는 경우가 발생하는 일에 대해 이미 예민한 감각을 내재화하고 있다고 볼 수 있습니다. "이제야 비로소/이렇게 끝을 시작하게 되는구나"라는 각오는 이처럼 그만의 시적 감각을 통해 일방적으로 구성되어 온 의미 체계가 종결된 자리에서 태어나는 정은기의 시세계를 단적으로 보여주는 문장입니다.

부끄러움과 고백

이제껏 『우리는 적이 되기 전까지만 사랑을 한다』를 통해 고백의 반복과 지속이 결국 타인의 내면을 마주하는 윤리적 행위로 확장되는 정은기의 시적 특징을, 그리고 이와 같은 자신의 시 쓰기가 갖는 가능성에 대한 그의 믿음을 살펴보았습니다. 하지만 이 시집을 읽어 가는 독자들에게 다시 한 번 당부하고 싶은 것은 '자신만의 시적 형식과 그에 대한 스스로의 믿음'도 결국 고백의 형식을 통해 전달되고 있다는 사실입니다. 시인이 스스로 내세우고 있는 자신의 시세계에 대한 믿음조차 반복적 고백을 거치게 되면서 의미를 특정할 수 없는 영역으로 돌아가 몇 번이고 다시 쓰여지는 것이 이 시집을 읽는 특별한 경험과 가장 깊이 연관되어 있기 때문입니다.

절벽이 아름다운 마을에 다녀왔다 마르셀은 항상 한 발 앞서 걸었다 눈 덮인 숲길을 걸었던 기억은 눈처럼 차고 미끄러웠다 접시 하나만 있으면 포일에 싸서 구운 돼지고기를 뭉텅뭉텅 떠다 먹을 수 있는 곳 절벽은 항상 결단을 요구한다 단호함은 이념지향적이지만 구운 돼지는 맛이 좋았다 마르셀은 보이지 않고 발자국뿐이었지만 곧 잊었다 절벽 아래는 고요하기만 했다 바닥에 닿기도 전에 비명은 사라진다 절박한 사물의 표정으로 공중에 잠깐 정지해 있는 방향, 절벽은 절벽에서 죽는다 접시를 다 비우고서야 집을 생각했다 집은 언제나 마지막에서야 생각나는 곳 마르셀은 어디로 갔을까 사우디에서 사 온 양탄자와 박제된 사막여우를 남기고 비명은 어디로 갔을까 톱밥이 날리는 창고 깊숙한 곳, 몰래 숨겨 놓고 키우던 고양이가 밤새 울다가 사라졌다 배드민턴 라켓 줄을 모두

끊어 놓고, 고양이는 어디로 갔을까 그러니까 구운 돼지
를 세 접시째 떠다 먹을 때까지, 기름이 묻은 입술과 탐욕
스럽게 부푼 볼이 부끄러운지 몰랐다

—「불 드 쉬프」 전문

  그렇다면 이 작품을 지나칠 수는 없을 것 같습니다.
제목은 '비곗덩어리'를 뜻하는 프랑스어인데, 모파상의
동명 작품을 떠오르게 만듭니다. 전쟁을 피해 도망가고
있는 상류층의 사람들이 타고 있는 마차에 '비곗덩어리'
라는 별명으로 알려진 술집 여자가 같이 탑승하면서 벌
어지는 이야기이지요. 그녀에게 경멸의 시선을 보내던
인물들은 배고픔을 겪게 되면서 그녀가 가진 음식을 얻
기 위해 갑자기 칭찬을 하기 바쁘더니, 마차의 통과를
허가하는 조건으로 그녀에게 성 상납을 요구하는 적군
의 장교를 만난 뒤에는 그들이 평소 증오하던 적군보다
도 더 그녀를 몰아세우기에 여념이 없습니다. 그리고 성
상납이 이루어진 뒤 다시 운행이 재개된 마차 안에서 그
녀에 대한 비난은 이전보다 더 노골적으로 이루어집니
다. 당시 상류층의 이중성을 잘 보여 주는 이 작품으로
모파상은 단번에 유명세를 갖게 되기도 했습니다.
  여기에서 우리가 알 수 있는 것은 사회적으로 특정한
위치를 차지하고자 하는 욕망을 가진 사람의 언어에는

부끄러움이 존재하지 않는다는 사실입니다. 부끄러움을 자각하지 못하기 때문에 타인을 강제하고 지배할 수 있다고 스스로 생각하는 것일 수도 있겠습니다. 그래서 자신의 내면을 감추기 위해 오히려 다른 사람의 행위를 지적하는 것이겠지요. 모파상 작품 속 상류 인사들이나, 「불 드 쉬프」의 화자처럼 말입니다. 여기에서 화자는 어떤 "결단"을 내릴 수밖에 없는 "절벽"이 지배적인 공간에 위치하고 있습니다. 그래서인지 화자의 내면으로 "단호함"을 필요로 하는 질문들이 끊임없이 개입하고 있습니다. 하지만 이 모든 상황들이 화자에게는 "접시"와 "구운 돼지고기"로 수렴될 뿐입니다. 그저 '접시에 담은 돼지고기'를 먹을 수만 있다면 이 상황 속에서 벌어지는 모든 갈등을 잊는 것이 가능해지는 것입니다.

시인은 이를 통해 스스로의 이중성을 경계하는 동시에 '부끄러움'을 강조하고 있습니다. 당연한 말이지만, 고백은 부끄러움을 느끼는 자만이 할 수 있는 행위입니다. 그리고 부끄러움을 통해 시작된 고백은 대상을 이해하는 범주를 넘어 자기 삶의 변화와 함께 실천의 영역으로 나아갑니다. 오래전에 종교가 깨달음의 문제가 아니라고 생각했던 아우구스티누스가 자신의 고백을 통해 결국 실천에 대한 열망을 보여 주었던 것처럼 말입니다.

처음부터 말했듯, 이 글 역시 하나의 고백으로 시작되었습니다. 시집 『우리는 적이 되기 전까지만 사랑을 한다』는 이처럼 고백의 연쇄 반응을 이끄는 힘을 가지고 있습니다. 시집을 읽고 난 독자들이라면 누구나 정은기 시인이 보여 준 '고백의 형식' 위로 자신만의 고백을 또다시 겹쳐 쓰게 될 것입니다. 어지럽게 보일 정도로 겹쳐진 고백들은 우리의 언어로 만들 수 있는 가장 아름다운 무늬라고 생각합니다.

우리는 적이 되기 전까지만 사랑을 한다
2024년 11월 18일 1판 1쇄 펴냄

지은이	정은기
펴낸이	김성규
편집	김안녕 조혜주 한도연
디자인	신혜연
펴낸곳	걷는사람
주소	경기도 용인시 기흥구 동백중앙로 358-6, 7층 (본사)
	서울 마포구 월드컵로16길 51 서교자이빌 304호 (지사)
전화	031 281 2602 / 02 323 2602
팩스	02 323 2603
등록	2016년 11월 18일 제25100-2016-000083호

ISBN 979-11-93412-59-6 04810
ISBN 979-11-89128-01-2 (세트)